일상이 의미 부여

시베리아 횡단 열차에서
찾은 진짜 내 모습

일상이 의미 부여

의미를 찾는 순간
더 행복해진다

화해리 에세이

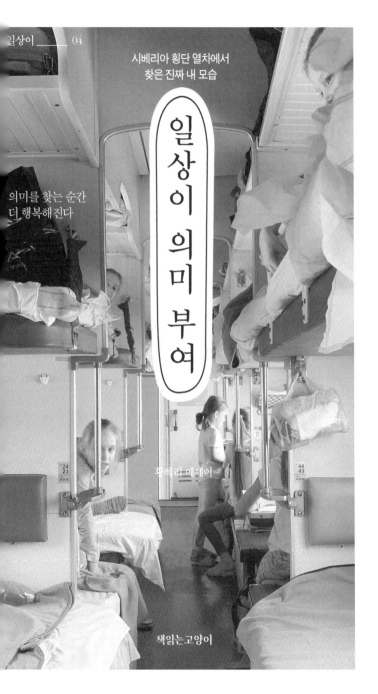

책읽는고양이

어쩌면 인생을 바꿔놓을 수도 있을 거예요

스물아홉의 끝자락은 달랐다. 어떻게 표현할 수 있을까. 마치 새콤달콤한 주스 한 컵을 벌컥 들이마신 뒤에 찾아오는 쌉싸름한 여운, 그것을 입안 그득히 머금고 있는 느낌이랄까. 달콤함 뒤에 숨어 있던 그 쓴맛의 여운을 없애고 싶었다. 그것도 늘 알고 지내던 맛이 아니라, 느껴보지 못했던 새로운 감정의 미각으로 덮어버리고 싶었던 것이 기필코 여행을 가야겠다고 결심하게 된 이유인지도 모르겠다.

매사 결정을 내릴 때면 현실을 무시할 수 없어 포기하게 되는 것들이 생기게 마련이다. 그렇지만 이

번마저 몇몇 이유로 하고 싶은 것을 미루게 된다면 서른을 제대로 맞을 수 없을 것 같았다. 결국 내 여행 욕망과 현실적인 여건의 절충안을 찾아 나름 타협을 했다. 근로 계약이 만료되었으니, 사표를 쓰고 무모하게 '퇴사'를 해야 할 필요는 없지만, 다시 취업할 때까지의 생활비와 기타 요소들로 인해 모아둔 돈을 전부 써버려도 안 되는 일이었다. 결국 수많은 여행지 중 지나치게 많은 금전과 시간, 게다가 체력까지 써야 하는 세계 일주, 순례길 등이 우선적으로 제외되었다.

그리고 다시 생각했다. 커다란 양의 사색을 할 수 있는 곳이면 좋겠다고. 여러 후보군이 떠올랐지만, 사색에 딱 맞는 곳은 시베리아 횡단 열차가 제일이다 싶었다. 게다가 그리 길지 않은 시간 동안 러시아라는 큰 나라를 '횡단'했다는 타이틀을 얻을 수 있다는 점이 나를 혹하게 만들었다. 한 해 전부터 가고 싶다고 마음에 품어왔지만, 가이드북만 사놓고 이런저런 이유로 엄두를 내지 못했던 여행지였다. 그러나 이번에는 꼭 다녀와야겠다 싶었다.

9박 10일, 손가락 열 개로 표현이 가능하니 조금

은 짧은 시간, 그렇지만 일곱 요일을 지나고 삼 일이 더 있으니 조금은 긴 시간. 이 시간 동안 러시아 블라디보스토크에서 모스크바까지 시베리아 횡단 열차를 타야겠다고 마음먹은 난, 때마침 시간과 금전, 그리고 타이밍까지 들어맞은 사촌 동생과 함께 모든 준비를 마쳤다.

출국을 몇 주 남겨두지 않았을 무렵 내가 가장 많이 읽고 품은 책을 쓰신 작가님의 북토크에 참여한 날이었다. 우연히도 그날 강연에서 작가님은 예전에 탔던 시베리아 횡단 열차에 관한 이야기 일부를 들려주셨다. 토크가 끝나고 작가님에게 사인을 받는 시간이 있었다. 내 차례가 되었을 때 나는 곧 러시아 여행을 갈 것이고, 시베리아 횡단 열차를 타고 블라디보스토크에서 모스크바까지 횡단할 것이라는 이야기를 늘어놓았다. 사인하기 위해 상체를 숙이고 있던 작가님에게서 흠칫, 하는 미세한 반동이 느껴졌다.

"이미 예매를 마친 거예요? 거긴 바가지로 머리를 감아야 하는 그런 곳이에요!"

무엇 때문인지, 힘들 것을 의미하는 문장임에도

불구하고 작가님의 말씀에 난 엄청 웃어젖혔다. 여행을 앞두고 나의 여행을 알아주고 반겨주는 누군가를 만나서였을까. 비단 여행뿐만이 아닌, 그 이후에도 자극제처럼 평범하던 일상에 조금은 더 커다란 사건이 되어줄 것을 알고 있어서였을까.

작가님은 책에 적던 사인을 마무리하며 일말의 뜸을 들이다, 최후의 한마디를 꺼내놓으셨다.

"어쩌면 인생을 바꿔놓을 수도 있을 거예요."

9 의미 부여

차례

2부. 바이칼 호수

3부. 두 번째 열차

4부. 종착지

1부. 첫 번째 열차

먹고 자고 쉬기만 합니다.
그런데 재미난걸요.

007, 감정의 교차로

러시아에서 처음으로 타게 된 열차는 007번의 6번 칸이었다. 한국에서 열차를 예매할 때 번호가 빠를수록 열차가 신식이라는 이야기를 들었다. 001번에 가까울수록 신식 열차, 뒤로 갈수록 좀 더 노후된 열차라는 것. 그렇지만 내 경우는 일정에 맞추어야 했으므로 신식 기차를 고집할 수는 없었다. 우리는 9박 10일의 빠듯한 여행 일정을 맞추기 위해 블라디보스토크에 도착한 당일, 이르쿠츠크로 바로 출발할 수 있는 밤 기차를 선택해야 했으니까. 뿐만 아니라 이르쿠츠크에서 내려 바이칼 호수를 보고 다시 모스크바로 출발할 예정이었으므로 선택의 여지는 딱히 없었다. 주어진 시간에 맞게 우리의 발걸음을 독촉시킬 수 있는 열차는 007번이었다.

블라디보스토크의 기차역은 초행자, 특히 외국인에게 쉬운 길은 아니었다. 기차를 타러 가기까지 몇 개의 통로를 지나고 계단을 내려가야만 비로소 플랫폼이 나온다. 열차를 기다리는 동안 마트에서 산 500밀리 생수 한 통을 거의 다 마셔버렸다. 그곳에서 하는 모든 것들이 처음이었고, 길을 잃지 않기 위해 눈에 단단히 힘을 주어야 하는 깜깜한 밤이었으며, 열차를 놓치지 않기 위해 바짝 긴장한 터였다.

출발 시각은 밤 10시 45분. 기차는 그보다 40분 전에 도착했다. 사진과 영상으로만 보던 시베리아 횡단 열차를 드디어 눈앞에 마주하게 된 순간이었다. 그렇지만 감탄할 새도 없이, 사촌 동생과 나는 서둘러 6번 칸을 찾아 캐리어를 끌고 이동하기 시작했다. 다행히 우리가 지내야 할 열차 칸과 좌석을 찾는 것은 그리 어렵지 않았다. 일단 짐을 옆에 두고 자리에 앉고나니 정체 모를 꿉꿉한 냄새들이 콧

속으로 훅 들어왔다. 지체 없는 냄새의 습격은 이제 진짜 횡단 열차를 탔다는 나지막한 깨달음으로 다가왔다.

열차는 우리가 3일 동안 지내야 할 보금자리였다. 우리 자리는 삼등석으로, 복도식 좌석이었다. 이 자리는 삼등석의 다른 좌석과는 조금 차이가 있었다. 잠을 자기 위해서는 테이블을 펼쳐야 침대가 되고, 밥을 먹기 위해서는 펼쳐져 있는 테이블을 다시 접어야 하는 수고가 필요했다. 그렇지만 내가 예매를 할 때는 이 복도식 자리밖에 남아 있지 않았다. 좋은 자리를 위해서는 무조건 빠른 예매가 답인데, 늑장을 부린 탓이었다. 불편을 감수해야 했지만, 그래도 소중하게 얻어낸 좌석임에 틀림없었다.

이제 각자의 캐리어와 배낭, 부피가 큰 외투들을 어떻게 보관할지가 관건이었다. 그 좁은 곳에 모든 짐을 바로 차곡차곡 정리한다는 것은 마치 눈앞에 어지럽게 흐트러진 천 피스짜리 퍼즐을 맞추는 것만큼 진을 뺄 만한 일이었다. 러시아에 도착한 첫날밤이었고, 열차에 타기까지 추위와 사투를 벌인 후라, 그 만큼의 집중력을 요구할 수 있는 상태가 아니었다. 필요한 것은 사람들이 다니는 통로를 막지 않도록 위아래로 우리의 여행용 가방들을 욱여 넣는 순발력, 그리고 일단 몸과 마음의 피로가 가라앉을 때까지 기다리는 인내력, 당장은 그것이면 충분했다.

그날 블라디보스토크의 밤 기차에는 많은 사람이 탔다. 우리 맞은편에는 아주머니, 그리고 한 청년이 탔는데, 아주머니는 가족들이 있는 곳에서 다시 본인이 있던 곳으로 돌아가는 것 같았다. 일행들은 아주머니 곁에서 열차가 출발할 때까지 이야기를 나누다가, 열차가 떠날 무렵 다시 내려서는 플랫폼에서 기차가 출발하는 모습을 끝까지 바라보고 있었다. 헤어짐을 마주하는 표정과 모습은 여느 이별과 다를 것이 없었다.

'나는 지금 이렇게 설레는데, 저 아주머니는 아쉬움으로 가득하겠지.'

괜히 내 맘이 더 아쉬워 아주머니에게 눈길이 머물렀다. 그렇지만 그렇게 누군가의 감정을 지레짐작하는 것도 실례인 것 같아 이내 눈길을 거두었다. 분명한 것은 횡단 열차에서 내가 처음으로 엿본 모습이 이별이었다는 것. 이곳은 만남과 설렘, 그리고 이별과 그리움이 공존하는 곳이라는 점이겠지.

드디어 열차가 움직이기 시작했다. 좁은 칸에 빼곡히 들어찬 사람들은 그렇게 비밀스런 혼자만의 감정들을 연신 내뿜고 있었다.

45°, 의심이 벗겨진 순간

　열차가 출발하자 자리에 깔고 잘 수 있는 하얀 침구와 베개 커버, 그리고 담요를 나눠주기 시작했다. 그것을 받아 대충 깔고는 오늘은 일단 일찍 눕기로 했다. 첫째 날의 자리 배정으로 말할 것 같으면 사촌 동생은 2층, 내 자리는 1층이었다. 내가 오르락내리락하기 힘들 것이라는 사촌 동생의 배려였다. 그렇게 제대로 씻지도 못하고 뒤척이다 선잠이 들었던 것 같다. 영하의 겨울이었지만 생각보다 시베리아 횡단 열차 안은 꽤 훈훈했다. 방한 내복에 패딩 조끼까지 겹겹이 입고 있던 나는 내 몸에서 뿜어

내는 열기를 도저히 감당해낼 수 없어 몸을 일으켜 조끼 한 장을 벗기로 했다. 확실한 건, 이 하나의 옷 꺼풀은 낯선 열차에 대한 반감이 한 꺼풀 벗겨진 걸 의미한다는 것.

대부분이 잠들어 조용한 새벽 기차 안에서, 나는 조심스럽게 낼 수 있는 최소한의 소리와 움직임을 냈다. 그러다 무심코 차창 밖의 하늘을 올려다보았다. 아마 그 순간 내 고개와 눈동자는 45도, 그 각도로 일시 정지했던 것 같다. 눈에 들어온 그것들은 우주인가, 별인가 싶을 정도로 별의 알맹이는 무척 컸고 무수히 많은 것들이 빛나고 있었다. 그 별들은 어둠을 뚫고 달리는 열차의 차창으로 내 몸과 마음을 기대게 했다.

평소에도 나는 하늘 올려다보기를 좋아했고, 그 것은 밤낮에 따로 구애받지 않는 편이었다. 내 기억 속에는 몇 안 되게 꼽는 밤하늘에 대한 기억들이 있다. 그중 하나를 얘기하자면 꽤 많은 해를 거슬러 올라간다.

뜨겁고 무더운 여름날이었고, 우리 가족은 3층짜

리 빌라에 살고 있었다. 우리는 여름 밤만 되면 옥상에 모였다. 낮 동안 강렬한 햇빛을 받은 옥상 시멘트 바닥은 해가 지고 나서도 불가마처럼 뜨거웠는데, 이 때문에 우리 가족 네 명이 눕기 위해서는 조금 덜 따뜻한 바닥을 찾는 것이 관건이었다. 꼭 오순도순 수다를 떠는 것만은 아니었다. 바닥에 가만히 누워 밤하늘을 올려다본다든지, 불 켜진 낮은 건물들의 간판들을 구경한다든지, 좁은 옥상을 빙그르르 걸어본다든지, 그게 전부인 밤을 보내더라도 함께 있다는 것만으로 충분했다.

어느 날 밤에는 돗자리에 누워 있는데 갑자기 까만 하늘에서 별들보다 조금 더 큼지막하고 붉은 것이 사선으로 떨어지고 있었다. 순식간에 일어난 일이었다. 지금 내 눈앞에 나타난 것이 별똥별인가,라는 생각이 들 때쯤에는 이미 그것의 형체는 일찌감치 사라지고 없었다. 그때는 별똥별에 소원을 빌어야 한다는 이야기를 들어본 적도 없는 어린 나이였다. 단지, 평소 본 것들과는 다른 그 무언가의 형체를 내 눈으로 목격했다는 것이 마냥 신기했다. 이 별똥별은 내가 처음이자 마지막으로 본 별똥별이다. 그 후로 많은 시간이 흘렀음에도 불구하고 똑같은 것을 보지 못했으니, 이 기억은 내가 자라면 자라날수록 흐릿해지는 것이 아니라, 더욱더 선명해졌다.

이 열차 안에서 의심 한 꺼풀을 벗겨내고 이 별들을 만끽해버린 순간 나는 알 수 있었다. 오랫동안 마음속에 품고 살아가게 될 새로운 은하수가 나타났다는 것을. 이 은하수는 이번 여행을 마칠 때까지 내 머리 위에서 언제든 불안이라는 길목을 밝혀줄 볕이 되어주리라는 것을.

루틴이 생기다

열차에서의 생활이 적응되기까지 생각보다 오랜 시간이 걸리진 않았다. 가장 먼저 파악했던 것은 화장실의 위치, 그리고 세면대의 수도꼭지 사용법, 화장실을 사용하는 동안 문을 안전하게 꼭 잠그는 법. 이 정도면 충분했다. 그리고 한국에서 챙겨갔던 컵라면, 즉석밥과 같은 식품들을 먹기 위한 온수기의 위치, 전자레인지의 위치, 마지막으로 핸드폰을 충전할 수 있는 콘센트의 위치를 알아냈다. 그 모든 것을 파악하고 난 뒤, 캐리어에서 음식들을 꺼내 사촌 동생과 나는 열차에서의 첫 끼니를 준비했다. 각자 입맛에 맞는 즉석 식품들로만 골라온 우리에게 당연히 입에 맞지 않는 것이라곤 존재하지 않았다. 여행지에서 타지의 음식이 입맛에 맞을지, 혹시 탈이 나지나 않을지 하는 우려는 굳이 거론할 것이 못 되었다. 배부른 한 끼를 두둑이 먹고 나니 나른한 잠이 몰려왔다.

소박한 일상들이 시작되고 반복되는 시간이었다. 이렇게 여유롭고 한가할 수 있다니. 정말 이래도 되나 싶었지만, 애초에 나는 횡단 열차에서의 이런 여유로운 생활을 하고 싶어 온 것이니 이 생활을 기필코 즐기리라 다짐했다. 그러다 보니 자연스레 슬슬 열차 안에서도 나 혼자만의 규칙들이 생겨나기 시작했고, 이것은 마치 나의 독립 생활과 꼭 닮았다는 생각이 들었다.

처음 자취할 때도 그랬다. 나는 대학생 때까지 부모님과 함께 지내오다 이십대 중반 무렵 독립이라는 것을 하게 되었다. 처음부터 독립이라고 생각한 것은 아니다. 내가 혼자 새로운 공간에서 살게 되었다는 생각에 '자취를 한다'라는 말로 표현하곤 했다. 그러던 어느 날 회사에서 요즘은 독립이라고 한다는 팀장님 말씀에 '아, 나는 독립을 해서 살고 있구나' 하고 비로소 깨달았던 것이다.

이 '독립'이라는 단어는 나의 생활에 좀 더 책임 감 같은 것을 쥐어주었다. '집'이라는 모두에게 통 용되는 단어보다 '내가 주인이 되어 살아가는 곳'이 라는 추가적인 의미에 좀 더 힘을 실어주었고, 내 공간과 생활에 좀 더 애착을 갖게 했다. 이는 자연 스레 집 안에서의 규칙들을 새로 탄생시켰다.

그 규칙 중 몇 가지를 살펴보면 이러하다.

1. 매일 창을 통해 환기를 시킬 것.

2. 창 너머로 보이는 관악산에 눈길을 줄 것.

3. 내가 키우는 반려 식물 첫째와 둘째 모두에게 손길을 줄 것.

4. 청소기를 매일 돌릴 것. (귀찮지만 과자를 먹 고 나서 일말의 부스러기도 허용하지 않도록 한다.)

5. 그날의 기분에 따라 차갑거나 따뜻한 커피, 또 는 차 한 잔을 할 것.

6. 새벽이 되면 스탠드를 켜놓고 집들이 선물로 받은 빛이 나는 스노우볼에 멍을 때릴 것.

세세하게는 더 많은 것들이 존재하지만 대표적인 것들은 이렇다. 사실 규칙이라기보단 내 공간에 대한 애착이 생기면서 자연스럽게 생겨난 내가 좋아하는 습관이라고 하는 쪽이 더 맞겠다.

이렇게 평소 지내던 생활처럼, 열차에서의 생활 몇 가지를 정해보았다.

1. 실컷 자고 쉴 것.

2. 밥은 소화가 안 되니 하루에 한 끼만 먹을 것. 오후 2시 즈음. 대신 군것질은 괜찮다. (유일한 끼니의 시간은 오후 2시가 가장 적당했다. 사촌 동생이 낮잠에서 깨어날 때까지 기다리다가 오후 3시의 고비를 넘기지 못하고 깨워버린 적이 있다.)

3. 열차 밖 풍경을 바라보며 마음껏 사색할 것.

4. 내가 좋아하는 노래들을 이 공간에서도 꼭 들을 것.

5. 한국에서 챙겨온 책 2권을 전부 읽을 것.

6. 여행 경비가 들어 있는 '노후 보장' 이라고 적힌 봉투를 꺼내어 돈이 무사히 남아 있는지 확인할 것. (봉투가 점점 빠른 속도로 낡아가니 찢어지지 않게 조심할 것.)

7. 매일 일기를 쓸 것.

지키기 힘든 것은 없었다. 이 단순한 몇 가지의 해야 할 일만으로도 자칫 지루할 수 있는 열차에서의 생활은 충분히 흥미로웠다.

떠나오기 전 여행을 준비하며, 나는 사촌 동생에게 묶음으로 샀던 손바닥만 한 크기의 노트 한 권과 '노후 보장' 봉투를 건넸다. 여기에 일기를 쓸 것이고, 소매치기 당할 경우를 대비하여 돈을 나누어 보관해놓을 테니, 필요하면 사용하라는 의미였다. 이에 사촌 동생은 '노후 보장' 이라는 말이 본인이 제일 좋아하는 단어라며 흔쾌히 그 봉투를 가져갔다.

이 봉투는 어버이날이나 부모님 생신 같은 날에 소정의 용돈을 넣어드리는 용도다. 처음에는 '비상금' 이라고만 적혀 있는 줄 알고 구매했는데, 포장을 뜯어보니 '노후 보장' 도 같이 들어 있던 것이었다. '비상금' 봉투는 진작에 다 써버렸지만 '노후 보장' 봉투는 아직 내 방 책장 한 곳에 꽤 남아 있었다. 무언가 이 안에 넣어드릴 수 있는 돈의 양이 노후를 보장하기에는 한참 부족할 것 같았기 때문이다. 그래서 이 참에 이 봉투를 전부 써버려야겠다고 남은 것을 죄다 집어 들고 온 것이다.

내가 누군가의 언젠가를 보장해줄 수 있다는 것은 참으로 탐나는 일이다. 뿐만 아니라 확신할 수 없는 나의 미래도 보장된다면 참으로 좋을 텐데. 그렇지만 현재로서는 답을 알 수 없다.

과거의 나는 무언가에 대해 막연히 확신하는 스타일이었다면, 지금은 그런 마음을 버려버렸다. 이런 변화는 나의 확신을 다치게 했던 일촉즉발의 순간들에서 나를 안전하게 보호해주었고, 그 상처들에서 빨리 벗어나고 회복하게 해주는 면역력이 되어주었다. 그래서 막연한 확신보다는 일상의 작은 것부터 꾸준히 지켜낼 수 있는 스스로의 힘을 길러야겠다고 생각했다. 그것이 불확실한 미래에서 나를 보호할 수 있는 하나의 단서였다.

하루 25시간

짙은 새벽이었다. 정차하는 역에서 내리는 사람들과 새롭게 여정을 떠나는 사람들의 옷깃 소리에 잠시 몸을 뒤척였다. 그러다 해가 한껏 밝아질 무렵 잠에서 깨고 보니, 내가 이 시베리아 횡단 열차에 올라탔다는 것이 더욱 실감되었다.

난 한국에서 가져온 가이드북을 펼쳐 보며 중간에 들를 바이칼 호수와 마지막 종착지인 모스크바에 대해 다시 읽어내려가기 시작했다. 혹시나 놓쳤던 것이 있는지, 일정에서 바꿀 것들이 있는지 한 번 더 살펴보기 위함이었다. 그리고 창 밖의 설원을 바라보며, 블라디보스토크 마트에서 샀던 소금 알갱이가 씹히는 초콜릿을 입 안에 넣었다. 그 달고 짭짤한 것을 녹이는 순간, 내 마음은 더 달다단, 단맛을 풍기고 있었다. 여유를 만끽했고, 그것들은 몸을 더욱 노곤하게 만들었다.

오후에 깃드는 나른함에 낮잠을 자려고 몸을 누였는데, 이때 꽤 깊은 잠에 빠졌던 것 같다. 잠이 들기 전, 우리는 30분 정도 정차하는 역에 내려 물과 과일 등 열차 안에서 먹을 것들을 사려고 기다리던 중이었다. 시베리아 횡단 열차는 중간 중간마다 정차하는 역들이 있는데 정차 시간은 역마다 5분, 18분, 30분 등 각양각색이었고, 먹을 것을 파는 상점이 있는 큰 역에 정차하는 일은 하루에 한 번, 많게는 두 번 정도가 전부였다. 미리 사두었던 물이 다 떨어져 다음 정차 역에서는 꼭 물을 사자며 벼르던 참이었다.

낮잠에서 깨어나보니 본래 도착하려던 시간보다 20분 정도가 이른데도 불구하고 열차가 멈추고 있었다. 정차 시간을 꽤 정확히 지킨다고 알고 있었는데 무슨 일인가 싶었다. 그때 시차가 생긴 것 같다고 말하는 한 여행객의 말소리가 들렸다. 나는 핸드폰 위치 서비스를 바로 리셋했고, 그 순간 오후 8시 10분이었던 시간은 오후 7시 10분으로 바뀌었다.

순식간에 내 눈앞에서 시간이 자라났다! 나에게 한 시간의 시간이 다시 생겨버린 것이다. 넓은 러시아 안에서 열차가 달리다보니 그 안에서 생겨난 시차 때문이었다. 엄청난 선물을 받은 기분이었다.

언젠가 바쁜 일상에서 해야 할 일들이 빼곡히 쌓여 있을 때, 잠시 머리를 바닥에 기댔을 뿐인데 눈을 떠보니 어느새 아침인 적이 있다. 나의 소중한 시간이 잠으로 인해 통째로 사라졌던 것. 이는 나를 절망적이고 허무하게 만들었다. 잠의 속삭임에 맥없이 빠져든 내 잘못이긴 하지만 말이다. 학생 때에도, 회사에 다닐 때도 시간을 놓치는 건 허다했지만, 이렇게 시간이 생겨난 것은 처음이었다. 이곳에서 생긴 한 시간의 시차는 나른해졌던 내 정신을 반짝 깨웠고, 열차 안에서의 남은 하루를 더욱 바지런하게 만들었다. 바쁘게 돌아가던 여느 때의 24시간보다 더 작고 작은 단위까지 세상의 모습을 온전히 느끼고 내 것으로 만들 수 있게 만들었다.

이 한 시간 동안 내가 마주한 것들이 무엇이었나 하면, 좋아하는 노래를 다섯 번 넘게 더 들으며 벅찬 감정으로 흥얼거렸을 15분, 가져간 책의 단편 이야기 속 애틋한 구절을 세 번 더 나지막이 맘속으로 되뇌는 5분의 여유, 여행지에서 내가 돌아갈 곳에 있는 사람들에 대한 생각에 연락 한 통을 더 건넬 수 있는 10분, 다음 정차 역에서 짐을 꾸리고 내릴 채비를 하는 맞은편 아주머니를 배웅하듯 눈빛으로 인사할 수 있는 눈길의 시간 1분, 혹시 그 빈자리에 소중한 무언가를 두고 가는 것은 없는지 살펴줄 수 있는 1분, 그 자리에 새롭게 올라 타는 새로운 여행자들에게 꼭 오랫동안 이곳에서 살고 지내온 사람처럼 반가운 미소를 건넬 수 있는 1분.

하마터면 볼 수 없던 것, 알 수 없던 것을 가득 느끼고 눈에 담았다. 아무래도 이날 내 마음의 키는 내 머리부터 발끝까지의 키를 훌쩍 뛰어넘어 훨씬 큰 사람이 된 것만 같았다.

눈빛, 쓰바시바!

러시아에 오기 전부터 생각한, 이 횡단 열차 안에서 꼭 할 일이 있었다. 바로 열차 안에서 판매하는 컵을 구매하는 것이다. 이 컵은 열차 안에서 따뜻한 커피 한 잔을 마시기 위해 사람들이 빌려서 사용하는 물건이다. 그렇지만 원할 때는 구매도 가능하다고 했다. 컵은 마치 빈티지 스타일의 찻잔처럼 생겼고, 손잡이가 달린 은색 거치대 안에 분리된 유리컵을 끼워 사용했다. 내 취향에 지극히 딱 들어맞는 그 컵을 꼭 구매해야겠다고 벼르고 있었다. 다만 열차에 따라 구매가 어려운 경우도 있다는 이야기를 들었기에 여러 경우의 수를 두고 질문하는 법을 연습했고, 컵을 팔고 있지 않을 경우를 대비하여 구매할 다른 기념품도 생각해두는 등 몇 가지의 대책도 세웠다. 꽤 완벽하게 모든 준비가 다 되었다고 생각될 무렵, 난 맘을 졸이며 까맣고 흰 삼선 슬리퍼를 끌고 열차 차장님이 있는 곳으로 갔다. 꼭 여행지에서 혼자 가게에 들어가 주문을 할 때처럼 괜스레 조심스러웠다. 내 발걸음을 옮겨주는 슬리퍼만이라도 친근한 것이 참 다행이라는 생각이 들었다.

화장실 옆 차장 칸에 도착하니, 혼자 티타임을 갖기 위해 내가 사고 싶은 그 컵에 뜨거운 물을 붓고 있는 차장님이 있었다. 혹시 잠깐의 여유를 내가 방해한 것은 아닌가 싶어 걸음을 멈추고 아무 말 없이 차장님을 가만히 바라보았다. 눈이 마주치기까진 오랜 시간이 걸리지 않았다. 긴 노란 머리와 파란 큰 눈을 갖고 있는 차장님은, 나를 발견하고는 눈을 한 번 천천히 껌뻑였다. 그것은 무슨 일인지 얘길 해도 된다는 의미였다. 깜짝 놀랐다. 여기서 이런 눈인사를 받다니.

난 눈빛의 힘과 무게를 중요하게 여기는 편이다.

눈빛의 힘을 가진 사람을 믿는다고나 할까. 눈빛은 가장 짧은 시간에 그 사람 안에 몸을 담글 수 있는, 그런 막대한 힘을 갖고 있다. 그 찰나 동안 그 사람의 비밀을 엿들은 것만 같은, 비밀을 들킨 것만 같은, 착각인 것 같지만 결코 거짓이 아닌 진심이라는 걸 알게 하는, 그런 힘을 갖고 있다.

물론 간혹 그 눈빛이 연기였던 적도 있었다. 그때 내가 그것을 구분하지 못했던 것은 그 사람이 비겁했던 것일까, 나의 약해진 마음이 그 거짓 눈빛의 부추김에 넘어갔던 것일까. 이런 무수한 질문들을 남김에도 불구하고 눈빛이 많은 힘을 갖고 있다는 것에는 변함이 없다. 난 아직 눈빛의 힘을 믿으며, 누군가의 눈인사를 받으면 주체할 수 없이 맘이 들뜬다. 그리고 이렇게 타지에서 눈인사를 받으니 참으로 감격스러운 마음과 따뜻함이 솟구쳤다. 나도 모르는 사이 그 울컥함으로 달궈진 내 눈빛을 차장님께 건넸을 것이다. 글썽이듯 초롱초롱 빛나는 벅찬 눈빛과 함께 미리 사진으로 찍어두었던 컵 사진을 보여주었더니, 차장님은 바로 옆 칸에서 새 컵을 꺼내주었다. 가격은 1120루블, 한화로 약 2만 원 초반 정도의 금액에 컵을 구매했다.

"쓰바시바!"

"쓰바시바!"

나는 그 나라의 언어로 고마움을 전했다.

새로 산 컵에 레몬 향이 나는 티백 하나를 담갔다. 그 터지는 향을 담은 차 한 잔의 따뜻함은 여행의 체온을 더욱 끌어올렸다.

첫 번째 열차, 그 마지막 밤

첫 시베리아의 횡단 열차 여정도 내일 밤 이르쿠츠크에 도착하면 모스크바에 가기 전까지 잠시 쉬게 된다. 사촌 동생과 나는 첫 열차에서의 마지막 밤이니 식당 칸에서 맥주 한 잔 하며 마무리하자고 했다. 식당 칸은 우리가 지내는 칸에서 꽤 걸어가야 했다. 설국열차처럼 꽁꽁 언 영하의 열차 사이를 네 칸에서 다섯 칸 정도 넘어 걸어가니, 그제야 식당이 열차의 꼬리 칸처럼 모습을 드러내었다.

식당 칸은 한 번 왔던 적이 있었지만, 이상하게 이번에는 술을 거나하게 마시고 있는 사람들로 인해 분위기가 심상치 않아 보였다. 하지만 여느 때와 다를 것 없이 잠시 술에 취해 그들만의 흥이 오른 것이라 추측했고, 별로 대수롭지 않게 생각했다. 잠시 머뭇거리며 두리번거리다, 우린 가장 안쪽자리에 앉았다. 그리고 맥주와 포테이토, 머쉬룸이 적혀 있는 대략적인 형태를 파악할 수 있는 간단한 안줏거리를 주문했다.

음식을 기다리고 있는데 같은 열차 칸에서 한 번 말을 걸어왔던 파란색 티의 남자가 보였고, 우리에게 또다시 인사를 했다. 그 남자는 다소 마른 체격이었지만 그 몸집에 비해 왜소해 보이진 않았다. 낮에 갑자기 사촌 동생과 내가 있는 자리로 와서 인상을 찌푸리며 본인의 허리를 두드리고는 알아들을 수 없는 이야기를 했는데, 그 고통은 나의 연민을 호소시킬 수 있는 인상이 아닌지라 그냥 지나 보냈었다.

그 사람을 포함한 테이블의 일행들이 번갈아가며 한 명씩 우리 자리로 와 알아들을 수 없는 말들로 계속 얘기를 하기 시작했다. 갑자기 식당칸에 있던 모든 사람의 시선이 일제히 우리에게 집중되었다.

들어보니 파란색 티의 남자는 카자흐스탄 사람이라는 것 같았다. 그들 중 유일한 서양인이었던 또 다른 한 명이 영어로 '왓츄얼 네임'이란 말로 소리를 높이더니 낄낄거리며 웃기 시작했다. 본능적으로 뭔가 편치 않은 상황이 된 것 같은 기분이 들었다. 고갤 두리번거리니 그 일행 중에 한 명은 그들의 테이블에서 주문을 받으려는 식당 칸 직원의 엉덩이 위로 손을 이리저리 옮기고 있었다. 또 다른 한 명은 연신 열차 칸을 왔다 갔다 했는데, 우리에게 갑자기 코카인을 함께 피자고 말하는 것이었다. 나는 그런 경우가 처음이라 너무 당황스러웠고, 눈동자를 어디 두어야 할지 몰라 그들의 시선을 회피하고 있었다. 기분이 점점 불쾌해졌고, 설렜던 첫 열차에서의 마지막 날을 망가뜨리는 것만 같았다. 그들은 우리의 시간을 일방적으로 방해하고 있었다. 그 파란색 티의 남자가 다시 우리 테이블로 와 악수를 하자는 투로 내 코앞 가까이 손을 들이밀었고, 난 고개를 저어버렸다. 그 이후에 어떤 거대한 사태가 발생할지 겁났지만, 다행히 그 사람은 알았다는 듯 고개를 끄덕이고 본인의 자리로 돌아갔다. 제발 우리를 가만히 내버려두면 좋겠다는 간절한 마음이었다.

　그때, 옆 테이블에 앉아 있던 러시아 여성이 우리에게 영어로 나지막이 저 사람들이 술에 취한 것 같으니 조심하라는 뉘앙스의 얘기를 건네주었다. 서둘러 대충 그 자리를 마무리하고 놀아가려는데, 그들 중 또 다른 누군가가 우리의 테이블을 두 손으로 짚고 알아듣지 못할 이야기들을 하고 있었다. 참다 못한 사촌 동생의 입에서 높은 소리가 튀어나왔다.

　"겟아웃!!!"

　그 남자는 이 말뜻을 알아들은 듯했다. 꽤 큰 덩치에 빡빡 밀은 민머리를 하고 있던 그 사람은 주먹으로 눈앞의 테이블을 쾅쾅 내려치기 시작했다. 우리가 마셨던 맥주 캔과 유리컵에선 건배하는 소리보다 더 큰 파열음이 울려퍼졌다. 더는 안 되겠다 싶어 몸을 일으켜 다른 칸을 가기 위해 문을 잡아당겼다.

　"꼬레아! 꼬레아!"

　그렇게 고래고래 질러대는 소리가 뒤통수 너머로 식당 칸을 빠져나올 때까지 계속됐다.

　다시 우리의 자리로 돌아왔을 때는, 이미 밤 열

시가 지나고 난 뒤였다. 객실은 이미 소등이 됐고, 우리 자리에는 희미한 주황빛만이 가득했다. 앞으로 남은 여행에서 더 이상의 식당 칸은 없을 것이었다. 난 서둘러 잠을 청하기 위해 2층 자리로 올라갔고, 그 구석의 좁은 자리에서 턱 끝까지 담요를 끌어 올리고 동그랗게 말린 등을 돌려 누웠다. 마치 누군가의 유희를 위해 바늘에 걸려 어딘가에 한참을 푹 담겨져 생채기 난 지렁이의 움직임이었다. 다행히 잡아먹히기 전에 물 밖으로 꺼내졌다.

비록 살아났지만 나는 러시아 여행 중 가장 추운 밤을 보내야 했다.

왜 떠나지 마세요

시베리아 횡단 열차에 새벽이 도래하면, 하루 중 가장 많은 사람이 내리고 올라탄다. 그럴 때면 난 꼭 한 번씩 잠에서 깨곤 했다. 사실 어딜 가나 머리만 대면 잠이 드는 스타일이라 여행지에서도 딱히 불편함을 느낄 일들이 없었는데 이곳에서는 아니었다. 캄캄한 새벽인 데다, 분주하게 올라탄 사람들이 짐을 정리하고 일행들과 얘기 나누는 소리가 열차 저 어딘가에서 맴돌아 잠을 설치곤 했다. 지난밤도 역시 마찬가지였다. 새로 사람들이 탄 모양이었다. 열차 안에는 들린 적 없던 아이들의 목소리가 계속 들렸다. 잠결에 가족들이 함께 탔구나, 하는 생각을 했다. 오히려 그 아이들의 목소리가 나를 안심시켜 주듯, 지난밤 두려움으로 단단히 체했던 나의 체기를 없애주고 있었다.

열차의 창문으로 환한 빛이 들고, 날이 밝고 꽤 오랜 시간이 지나, 난 다시 깨어났다. 새벽 내내 연신 몸을 웅크리고 잤다. 어제 사건의 여파 때문이었다. 밤새 계속 구석에 얼굴을 파묻고 있었다. 일전의 사람들을 다시 마주치지 않을까 하는 두려움이 가득했다. 2층 자리에서 고개를 슬금슬금 내밀고 주변을 두리번거렸다. 식당에서의 무리는 보이지 않았다. 대신 1층과 2층 침대를 정글짐처럼 옮겨 다니며 연신 오르락내리락 하는 꽤 많은 여자아이들이 보였다. 한 가족이라고 하기엔 너무 많은 인원이었고, 보호자로 추정되는 사람들은 왠지 선생님 같았다.

내 눈은 술래를 잡는 것처럼 쉴 새 없이 그 친구들을 따라다녔다. 나와 가장 가까운 자리에 있던 생머리에 눈이 정말 예쁜 친구를 뒤쫓고 있던 내 시선이 그 친구와 마주쳤다. 그 아이는 입꼬리를 올리며 나에게 미소를 지어 보였다.

　사촌 동생과 나는 아이들과 말 한 번 해볼 기회를
노리고 있었다. 사촌 동생은 핸드폰의 번역기를 켜
서 아이들과 잠시 놀아도 되겠냐고 선생님들에게
건네보였다. 돌아온 대답은, 아이들이 시끄러워질
수 있어 안 된다는 것이었다. 아쉬움이 컸지만 어쩔
수 없다고 생각했다. 그렇지만 그 아이들도 이미 우
리가 본인들에게 꽤 관심이 있다는 것을 알아차린
눈치였다. 1층, 그리고 2층, 또는 복도 등 각양각색
의 본인들 자리에서 우리를 슬금슬금 쳐다보고 있
었다. 마치 정글 어딘가 빨갛고 향긋한 열매들이 주
렁주렁 달린 모양새였다. 그 덤불을 헤치고 달큰한
웃음소리가 퍼져왔다.

　아이들이 전부 모이니 족히 일곱 명에서 여덟 명
이 되었다. 금발 머리에 인형같이 동그란 눈을 갖고
있던 아이들은 점점 우리 자리 쪽으로 다가오고 있
었다. 이때쯤 되니, 선생님들도 아이들을 막지 않았
고, 여행하러 온 우리를 궁금해하는 눈치였다. 선생
님들은 한 아이에게 뭐라 말을 하는 것 같았고, 영어
를 할 수 있는 하늘색 티를 입은 꼬마 친구가 우리에

게로 다가와 몇 마디를 건넸다.

"웨어 아 유 프롬?"

"하우 올드 아 유?"

우리가 답하면 그 아이는 우리의 대답을 다시 선생님들에게 바로 전해주었다.

나는 가이드북에서 간단한 러시아 회화가 적힌 페이지를 펼쳤다. 그곳엔 이름을 소개하는 법이 러시아어로 적혀 있었다.

"미나 쟈브뜨 혜리."

(내 이름은 혜리입니다.)

우리 곁에 모여 있는 아이들을 보며 어색한 강세를 넣어 러시아어를 따라하였다. 그 하늘색 티를 입은 아이에게서 '오와'라는 짧은 감탄사가 나왔다. 그 아이는 내가 들려준 나의 이름 두 글자를 따라하였다. 그리고는 본인의 이름을 말해주었다.

"미나 쟈브뜨 스웨다."

(내 이름은 스웨다입니다.)

그 아이의 이름은 스웨다였다. 아이 중에 유일하게 영어를 할 줄 알았고, 함께 있던 친구들의 나이를 영어로 다시 바꿔 전달해주고 있었다. 여섯 살, 일곱 살, 여덟 살, 그 친구들의 나이였다. 스웨다는 일곱 살이었다. 나와 제일 먼저 눈이 마주쳤던 아이는 키라였다.

서로의 통성명이 끝난 후, 아이들은 갑자기 본인들의 자리에서 무언가를 들고 왔다. 리듬체조를 하는 모습이 그려진 노트 한 권을 쥐고 있었다. 아, 리듬 체조를 하는 아이들이었구나. 나는 그 그림을 보고 흉내내며, '리듬 체조'인지 물었더니, 아이들은 노트 그림을 가리키며 맞다고 고개를 끄덕였다. 아이들은 훈련을 위해 가족을 떠나 선생님들과 함께 어딘가로 이동을 하고 있는 중이었다.

나는 무언가를 해주고 싶다는 생각이 자꾸만 들었다. 곰곰이 생각하다 마음을 먹곤 아이들이 있는 자리로 갔다. 펜을 적는 시늉을 하며 노트 한 권만 달라고 했다. 알아들었는지 스웨다는 나에게 수첩 하나를 넘겨주었다. 나는 그곳에 '코리아 네임'이라는 말과 함께 스웨다의 이름을 한글로 또박또박 적어주었다. 스웨다는 그것을 보고, 다시 '오와'라는 감탄사를 내었다. 그 짧은 감탄사는 똑같이 생겼지만 각기 다른 맛을 내는 달콤한 사탕 같았다. 그

소리가 들릴 때, 난 달디단 사탕을 한 움큼 녹여 삼킨 것처럼 행복해졌다.

스웨다는 옆에 같이 있던 친구들의 이름을 하나씩 말해주었다. 그러자 아이들도 더 가까이 모여들어 내가 적어주는 것을 지켜보기 시작했다. 모든 아이의 이름을 적고, 난 다시 내 자리로 돌아왔다. 가만히 있었지만, 소란스럽게 몸이 들떠올랐다. 마음속에서 무언가 두근대고 설레는 것이 이상하게 넘쳐났는데, 그것들이 아직 주워 담아지지 않고 있었다. 그 맘이 진정되기도 전에 다시 꼬마들이 볼펜을 들고 찾아왔다. 보라색에 반짝이가 들어가 있는 동그란 뚜껑이 있는 펜이었다. 그것은 내가 어렸을 적, 검정, 파랑, 빨간 볼펜들보다 아껴 쓰던 그 펜과 무척 닮아 있었다. 아이들은 내 앞에 그 조그만 손을 올려놓으며 손등 위에 자기 이름을 한글로 적어달라고 했다. 나는 놀라는 표정과 괜찮냐는 뜻으로 그들의 솜사탕 같은 손을 가리켰다. 아이들은 괜찮다며 빠르게 고개를 끄덕였다.

꼭 내가 사인회를 하는 것처럼 아이들은 각자 볼펜 한 개씩을 들고선 내가 앉아 있는 열차 자리 옆으로 줄을 서기 시작했다. 그중에는 내 이름을 기억하고 있는 아이도 있었다. 내 이름은 아이들 사이에서 소문처럼 빠른 속도로 퍼져나갔다. 낯선 사람에게 무언가 부탁한다는 생각에, 아이들이 나를 위해 가장 먼저 해주는 일은 내 이름을 불러주는 것이었다. 그러고 나서 내가 적어주길 원하는 말을 꾹꾹 눌러 말해주었다. 가장 작은 키에 가장 어려 보였던 아이는 내 이름 두 글자만을 얘기하고는 긴장이 되는지 갑자기 저 만치 멀리 되돌아가기도 했다. 그리고 다시 돌아와 침 한 번을 꼴깍 삼키고는 또 내 이름을 불렀다. 나는 내가 쓸 수 있는 가장 또렷한 형태의 한글을 적어내려갔다.

아이들이 열차에서 머무를 시간은 더 남아 있는 것 같았지만, 우리는 그날이 마지막이었다. 몇 시간 뒤면 이르쿠츠크역에 도착하기에, 이미 모든 짐을 다 정리하고 처음에 받았던 침대와 베개 커버도 반납한 상태였다. 이제서야 만났다는 것이, 시간이 넉넉지 않다는 것이 아쉬울 뿐이었다.

역에 도착할 시간이 점점 가까워져 왔다. 사촌 동생은 곧 가야 한다고 말했고, 번역기는 그 의미를 러시아어로 아이들에게 전달해주었다. 아이들도 다시 그들의 언어로 말을 했다. 어설픈 번역기의 번역체는 연신 그 말들을 담아내었다.

"왜 떠나지 마세요."

"당신이 더 떠나지 않을 것입니다. 찾을 수 없습니다."

온전하지 않은 이 말들을 바라보면서, 내가 흔히 듣고 들었던 완벽한 구실을 하고 있던 문장들보다 더 맘이 아린 무언가가 나를 덮쳤다.

열차는 점점 속도를 낮추었고, 바깥에는 열차에 타기 위한 사람들의 모습이 보였다. 나는 내가 있던 자리에서 복도를 지나 내릴 수 있는 문이 나올 때까지 뒤를 돌아보지 않았다.

우린, 그렇게 이르쿠츠크에 도착했다.

2부. 바이칼 호수

나는 이런 사람이었어.
이 먼 곳에 오니 정리가 됩니다.

오물과 향수

러시아의 첫 숙소에 도착해서 짐을 풀고 정리를 할 때였다. 방안에서 연신 꿉꿉하고 비릿한 냄새가 스멀스멀 올라오는 것이 느껴졌다. 사촌 동생은 갑자기 '오물'의 냄새가 난다고 했다. '오물'이라 하면, 바이칼 호수에서만 먹을 수 있는 생선인데, 열차가 이르쿠츠크에 도착할 무렵 옆자리에 있던 아저씨들과 그 훈제 생선을 사촌동생도 같이 나누어 먹었다고 했다. 난 그 시간에 단잠에 빠져 있었다. 잠깐 눈을 떴을 때는 마치 소시지를 구운 것같이 잔뜩 맛있는 냄새가 났는데 그것이 생선 냄새였던 것이다. 그때는 미처 느끼지 못했으나, 방 안에 둘만 있으니 느껴지지 않던 비릿한 냄새까지 상세히 느껴졌다. 사촌 동생은 열차에서도 씻고 또 씻었는데도 아직까지 냄새가 지워지지 않는다며 심지어 본인의 옷에서도 나는 것 같다며 어쩔 줄 몰라하고 있었다. 그러다가 챙겨왔던 향수를 꺼내 좁은 방안에 뿌려대기 시작했다. 마치 우리가 오물의 먹잇감이 된 형국이었다. 사촌 동생은 앞으로는 절대 '오물' 같은 건 먹지 않겠다고 말했다. 나는 그 모습을 가만히 지켜보며 깔깔 웃어대기만 했는데, 나 역시도 그 입장이었다면 느긋함을 유지하지 못했을 것이다.

평소 나는 향에 참 예민한 편이다. 방에서 나는 퀴퀴한 냄새를 방지하기 위해, 방안에는 갖가지 디퓨저와 캔들이 가득 자리를 차지하고 있고, 식당에서 진득한 음식을 먹고나면 머리부터 발끝까지 베인 냄새들을 퇴치하기 위해, 섬유 향수 같은 것을 꼭 챙겨 다녔다. 그러다 가끔씩 맡아보지 못했던 맘에 꼭 드는 새로운 향기를 발견하게 될 때면, 반드시 내 것으로 만들고 온통 뿜어내고 싶다는 생각들을 했다.

자연스럽게 내 후각을 끓게 했던 향기들도 있다. 카페에서 아침 일찍 가장 먼저 내린 에스프레소가 퍼질 때의 향이라든가, 오랜만에 본가에 갔을 때 익숙하게 풍겨오는 이불, 옷, 등의 갖가지 직물 향이라든가, 빵집에 들어갔을 때 풍겨오는 달콤한 빵 냄새라든가. 갑자기 내리는 소나기에 땅이 축축히 젖어 드는 냄새라든가, 좋아하는 사람에게서 풍겨오던 체취라던가.

　　한 번은 두 해 동안을 그 근원지가 어떤 향수인 건지, 섬유 유연제인 건지 알지 못해 애타게 찾아 헤매던 향이 있었다. 꼭 빨래를 하고 나면 맡을 수 있는 포근한 비누 향기 같았는데, 정작 내 주변의 가까운 사람들에게선 맡을 수 없고, 그냥 길을 걸어간다거나, 아니면 내가 앉아 있는 버스 앞 좌석에서 풍겨온다거나, 꼭 내가 무방비한 상태일 때 순간적으로 훅 파고들어왔다. 그래서 유명한 브랜드의 향수들을 시향해보고 찾아다녔는데, 내가 맡았던 향은 절대 찾을 수 없었다. 그러다 우연히 입욕제, 섬유 향수로 유명한 매장에 들러 옷에 한 번 뿌려봤던 향이, 처음에는 풍기지 않다가 내 체취와 섞여 점점 애타

게 찾고 있던 그 향으로 바뀌어 번져왔다. 집에 도
착하고 나서야, 내가 섬유 향수를 뿌려놓은 곳에서
내가 찾던 것과 똑같은 향이 난다는 것을 알아차릴
수 있었다. 우습게도 그 향기는 전에도 시향을 해본
적이 있던 섬유 향수였는데, 그것을 뿌린 직후 맡아
보았던 냄새는 단지 알코올 냄새와 다름 없었기에
내가 찾는 것이 아니라고 치부했던 것이다. 향기는
그것만으로 온전히 좋은 향기가 되는 것이 아닌, 다
른 존재를 만나 어우러지고 난 후 그렇게 천천히 풍
겨오는 잔향이 더 진국인 것이었다.

초콜릿과 빵

열차에서 내려 가장 먼저 만끽했던 것은, 긴 호흡으로 차갑고 시큰한 공기를 흠뻑 들이마신 일이다. 시간은 새벽으로 넘어가고 있었지만 이르쿠츠크의 건물들은 각자 밝은 빛을 내고 있었고, 길은 생각보다 훨씬 더 밝혀져 있었다.

우리는 숙소에서 가까운 24시간 마트로 가, 내일 다시 타게 될 횡단 열차에서 먹을 식량을 미리 사두기로 했다. 그리 크지 않았지만 잠깐씩 정차하던 역에서 만났던 상점들에 비하면 족히 열 배 이상은 돼보였다. 사촌 동생과 나는 하나라도 놓치지 않겠다는 듯 각자의 손에 장바구니 한 개씩을 들고 필요한 것들을 담기 시작했다. 그 마트에는 러시아에서 유명하다고 했던 초콜릿과 티 종류들도 다양하게 팔고 있었다. 이곳 물가가 저렴한 것 같아, 필요한 것이 있으면 여기서 사놓아야겠다는 생각이 들었다. 어떤 초콜릿들을 골라 담아야 할지 골똘히 생각에 잠겨 있을 때, 등 뒤로 익숙한 문장들이 들려왔다.

"뭔 놈의 초콜릿을 그렇게 많이 담냐? 그거 한국 가서 다 선물할 거냐?"

흠칫 놀랐다. 들려오는 말은 긴 문장임에도 동시 통역되는 것처럼 단숨에 알아들을 수 있었다. 보아 하니, 한국에서 놀러 온 여행객이었다. 내 추측으로는 갓 스무 살 또는, 이십 대 초반쯤 되는 청년들이었다. 이미 내 장바구니에도 각양각색의 초콜릿이 종류별로 수북이 쌓여 있던 터라, 내 손에 들린 장바구니에 미세한 떨림이 생기고 있었다. 잠시 눈을 돌려볼까 하다, 이내 외면하고 초콜릿 골라 담는 일에 집중하려 했다. 그렇지만 그 뒤로도 아직 끝나지 않은 대화의 꼬리들이 더 들려왔다.

"선물할 거 아닌디. 나 혼자 다 먹어버릴 건디."

"이야, 그 많은 초콜릿을 다 먹는다 하냐. 초콜릿 애호가냐?"

엿들으려 했던 것은 아니었지만, 숨도 쉬지 않고 연신 티키타카로 이루어지는 대화들은 괜한 친근함이 느껴져 웃음이 나올 것 같았다.

사실 나도, 이 여행에 와서 가장 먼저 사게 된 것이 초콜릿이었고, 가장 많이 갖고 있는 것도 초콜릿이었다. 하지만 그것에 만족하지 못해 더 많은 초콜릿들을 흔히 말하듯이 '쟁여놓을' 생각이었고, 한국에 돌아가 주변 사람들에게도 나누어줄 생각이었다.

초콜릿이 나에게 얼마나 중요한 역할을 하냐면, 열차에서도 눈을 뜨면 가장 먼저 초콜릿 하나를 입 안에 냉큼 넣어놓고 잠을 깨려 한다거나, 열차 안에서 만난 러시아 사람들에게도 혹시 그들이 평소에 애호하던 것일 수도 있기에 내가 산 초콜릿을 먹어보라고 건네어본다거나, 어느 순간 내 몸에서 지루함과 나른함이 올라오려 할 때면, 마치 초콜릿이 그 증상을 진정시켜주는 만병통치약이라도 되는 듯 입에 넣곤 했다. 한 가지가 아닌, 다양한 맛별로 담아

놓고 한 조각씩 똑, 똑, 떼어 먹곤 하는데, 모두 각자의 역할이 있기 때문이다.

내게는 초콜릿과 비슷한 역할을 해주는 한 가지가 더 존재하는데, 그것은 '빵'이다. 식빵처럼 포슬포슬하고 그 속의 결을 따라 찢어 먹는 것과, 스콘처럼 단단한 데다가 잘게 부서져 마지막 조각까지 사투하듯 입에 담아 넣어야 하는 것까지. 빵은 하나하나마다 다른 의미를 갖고 있고, 매번 새로움을 안겨준다.

내게 빵은 또 어떤 것이었냐 하면, 대학 시절 처음으로 말을 트고 친분을 갖게 된 동생과의 어색함을 깨주었던 것도 빵을 좋아한다는 공통점을 알게 되고 나서부터였다. 서로 알고 있는 각 프랜차이즈 빵집들의 빵에 대한 특징을 읊고 또 맞장구쳐주는 것으로부터 시작되었으니까.

어느 순간부터 나와 일정 시간을 보낸 사람들은 나를 '빵 좋아하는 사람'으로 정의 내리기 시작했는데, (심지어 이것이 절정일 순간에는, 나를 오로지 '빵!'이라 부르던 사람들까지 생겨났다.) 나는 싫지 않았다. 나를 새롭게 정의 내려주는 무언가가 존재한다는 의미로 여겼다. 언젠가 몸이 아파 누군가가 건네는 빵을 거절한다면, 그날은 내가 정말 몹시도 아프다는 뜻이 되어 크나큰 걱정을 몸소 받아야 했으며, 또 언젠가는 단지 내가 먹고 싶어 미리 사두었던 것인데, 때마침 누군가에게 나눌 수 있는 타이밍이 생기면서 나는 정말 맛있는 것을 나누어주는 인심 좋은 사람이 되어 있었다.

빵집에서 사계절이 넘는 시간 동안 아르바이트를 한 적이 있다. 휴가를 나온 아들이 복귀하기 전 아버지와 마지막으로 들러 대화를 나눌 수 있는 곳, 퇴근 후 딸에게 뭐 먹고 싶은지 전화하는 엄마의 물음이 있는 곳, 빵집만이 갖고 있는 온전한 온기와 정이 있다는 걸 알게 되었다. 심지어 빵 공장에서도 잠시 아르바이트를 한 적이 있는데, 그곳을 휘감는 밀가루 반죽 냄새에 내 후각은 반사적으로 들떠 두 눈을 더 반짝이게 만들었고, 그러한 내 눈을 바라봐주던 사람과 난 연인이 되었다.

눈의 세상

이르쿠츠크는 러시아의 그 어느 도시보다도 추 웠고 정말 많은 하양을 품고 있었다. 온통 하얀 눈 으로 덮인 동네는 왠지 더 고요하게 느껴졌다.

눈이 덮여 있으면 온 세상이 적막해진다. 그 적 막을 뚫고, 사람들이 문을 열고 집을 나서는 소리, 저벅저벅 걷는 소리, 자동차 바퀴가 굴러가는 소리 가 났다. 그 가운데 우리의 발자국이 남았다. 가장 조용한 흔적이다.

눈길을 걷다 보니 곳곳에 노랗고 진한 얼룩들이 퍼져 있었다. 잘못하여 그 위를 밟을 뻔한 내 두 발을 사촌 동생의 순발력이 구해냈다. 분명 이름 모를 강아지들이 흘리고 간 그들의 영역일 것이다. 그 흔적들은 꽤 많았다. 그들의 영역과 발자취가 동네방네, 그리고 온 세상에 드러나 있었다.

나는 눈이 내리는 걸 보면, 그것들이 떨어지고 다시 흩어지는 모습에 눈길을 주고 온 신경을 집중하게 된다. 길을 걷다가도 그 자리에 멈춰 서서 고개를 들어 보고, 집에 누워 있다가도 몸을 일으켜 방 창문을 연다. 그렇게 눈 내리는 모습을 가만히 들여다볼 때면 일전에 스쳐지나갔던 얘기들이 불쑥 다시 떠오르곤 한다. 그것은 한때 마음을 앓고 잠 못 들게 했던 비밀이기도 하고, 하루를 무탈하게 보낸 어느 날의 행복했던 일이기도 했다.

눈이 내리면 평소에 볕이 넘치게 들던 가장 좋아하는 카페로 가 커피를 마시기도 했고, 지금 이 순간 가장 먹고 싶은 무언가를 떠올리기도 했다. 그리고 또 미루고 미뤄두었던 일들과 미처 시작하지 못했던 일들의 앞부분을 실행시켰다. 눈이 그칠 때쯤에는 오래 만나지 못한 누군가에게 오늘도 안부를 전하지 못했다는 아쉬움이 찾아오곤 했다.

눈은 누군가의 흔적을 담고 있다. 처음 내리는 눈을 보고, 어쩔 줄 몰라 뛰어다닌 어린 강아지들의 모습을 담고 있으며, 유달리 발자국과 발자국 사이가 촘촘한 흔적에서는 누군가의 고된 하루가 느껴진다. 그보다 좀 더 멀리 듬성듬성 넓게 남아 있는 자국은 지금 이 풍경을 가장 사랑하는 이와 함께하기 위해, 이 하얀 것들이 녹기 전에 그 사람에게 가려는 들뜬 누군가의 흔적이기도 하다.

이 모든 은밀한 비밀들을 엿듣고 품은 하얀 눈은 이내 녹아버리고나면 다시 또 아무 일도 없었다는 듯, 그 비밀을 지켜낼 것이다.

눈이 내리던 하룻밤 동안 오롯이 걱정과 고민에 끙끙 앓다가 잠을 설친 다음날 아침 눈의 흔적을 찾아볼 수 없던 날이 있었다. 속으로만 끙끙 앓던 힘든 일은 눈과 함께 모두 털어내보낸 것처럼 마음이 개운했다. 그렇다 해서 모든 고민이 없던 일처럼 사라지는 것은 아니었지만, 다시 새로 시작하면 된다는 것을 뜻하는 것 같았다.

눈이 내리는 날은 속마음을 꺼내놓고 싶다. 하얀

눈은 그 온 밤 동안 내 이야기들을 들어주었고, 그 비밀을 지켜줄 것이다.

울렁거림의 끝에는

바이칼 호수에 가기로 한 날이었다. 바이칼 호수를 보고 싶은 사람들은 알혼섬과 리스트비얀카로 찾아간다. 두 곳 모두 바이칼 호수를 볼 수 있다는 건 닮았지만, 그곳에 도달하기까지는 꽤 많은 시간의 차이가 있었다. 알혼섬을 들어가기 위해서는 이르쿠츠크에서 미니밴을 타고 족히 여섯 시간에서 일곱 시간은 달려가야 한다. 그리고 알혼섬 내에서 섬을 관광하는 일도 그곳에서 하루 이상은 숙박을 반드시 해야만 소화할 수 있는 일정이었다. 결국 우리는 한 시간 반 정도 이동하면 바이칼 호수를 볼 수 있는 리스트비얀카로 가기로 했다.

아침 일찍 일어나 짐을 챙기고, 다시 겹겹의 옷들로 몸을 붕대처럼 꽁꽁 싸맸다. 챙겨놓은 캐리어와 짐들은 숙소 데스크에 맡겨두었다. 우리는 리스트비얀카로 가는 미니밴을 타기 위해 이르쿠츠크의 중앙시장으로 이동했다. 중앙시장은 꽤 가까운 거리에 있었다. 숙소에서 걸어서 십 분 정도면 도착할 수 있었다. 좀 걸어 들어가니 차들이 일렬로 모여서 있는 자리가 나왔다. 나는 커피 한 잔을 마시고 있는 아저씨에게 물었다.

"리스트비얀카?"

아저씨는 고개를 끄덕이며 올라타라고 했다. 차에는 이미 많은 사람이 타고 있었고, 남은 두 자리에 사촌 동생과 내가 자리 잡고 앉자, 기사 아저씨도 차에 올라탔다.

리스트비얀카로 가는 길은 심하게 거칠었다. 몸이 붕 떴고, 연신 방지턱을 넘는 길을 달리는 것만 같았다. 더욱 당황스러웠던 건 그 방지턱 같은 언덕이 나타나도 절대 속도를 줄이지 않고 계속 차를 내모는 것이었다. 급속도로 속이 울렁거리고 메스꺼

워지기 시작했다. 몸 안의 장기와 위액까지도 소용
돌이를 느끼기에 충분했다. 속에서 참으로 뜨거운
아지랑이가 일렁였다. 눈을 질끈 감았다. 유리창 밖
으로는 자작나무가 가득한 새로운 설원의 풍경이
펼쳐지고 있었지만 난 이러한 것을 담아낼 수 없는
처지였다. 그 순간 바이칼 호수를 보러 가지 말아야
했을까, 하는 후회가 몇 번이고 밀려왔다. 그렇지만
일단 지금을 견뎌내어야 했다.

초등학생 때였다. 그날 내 안에서 꿈틀거리던 큰
울렁거림이 떠오른다. 난 많이 내성적인 아이였다.
이러한 성격은 일반적인 발표 수업 때도 여실 없이
드러났는데, 그때 나의 담임 선생님은 유달리 발표
를 중시하던 분이었다. 그리고 어느 새 나는 발표하
지 않는 아이로 낙인되어 있었다. 그때 가장 의문이
었던 건 왜 하필 나인 건지, 나말고도 발표를 하지
않는 아이들이 이렇게나 많은데, 왜 혼나는 대상 그
중심에는 내가 가장 선두권을 차지하고 있는 것인
지였다. 한 번은 이런 말씀을 하셨다. 내가 아무리
백 만큼의 숙제를 잘해와도 발표를 하지 않으면 구

십은 소용이 없게 된다는 것이었다. 나를 지탱하던 마음 한구석의 보호막이 산산조각 나는 기분이었다. 발표를 하지 않는다고 해서 내가 모든 학교 생활에 소홀하던 건 아니었기 때문에 더욱 그랬다. 그날 밖으로는 아무 말도 못했지만, 맘속으론 엄청난 부끄러움과 좌절감, 더불어 모욕감 같은 것들이 밀려왔다. 그때 난 열 살이었다.

난 아직도 기억한다. 내가 처음으로 발표했던 숙제는 북한 친구들에게 편지를 써보자는 것이었고, 편지를 써야 하는 것은 필수였으나 수업 시간에 그 편지를 발표하는 것은 자유였다. 선생님은 여느 때처럼 발표할 사람이 누가 있는지 물었는데, 나는 기다렸다는 듯 번쩍 오른손을 들어올렸다. 전후 사방으로 아이들이 숙덕이는 웅성거림이 들려왔다. 그이야기의 중심은 발표를 하기 위해 '내가 손을 들었다는 것'이었다. 선생님은 그런 나를 발견하고는 손을 든 다른 친구들보다 내게 앞에 나와 발표할 기회를 내주었다. 전날 밤, 내가 쓴 편지를 외우기 위해 밤새 읽고 읽었던 기억을 떠올려 사십 명이 넘는 반 아이들 앞에서 처음으로 발표라는 것을 했다. 나는 그날 내 속에서의 울렁임을 연신 다독이며, 내가 할 수 있는 최선을 다했다. 수도 없이 버벅거렸고, 내 이야기를 듣는 모두를 신경 쓸 여력은 안 됐기에 맨 끝에 휑한 벽만을 바라보았다. 그날 이후로 난 무슨 성공 신화라도 거친 것처럼, 선생님의 모든 칭찬을 받는 선봉대가 되어 있었다. 그 학기를 마치기까지 가장 많은 칭찬을 받았으며, 또 발표하지 않는 아이들이 있다면 애처럼 해야 한다는 비교 대상이 되어 있었다.

결론은 좋았지만, 무언가를 이루고 해낸다는 것에 있어 이러한 상황의 순서를 꼭 거쳐야 한다는 생각은 들지 않았다. 이것은 상처와 자존심에서 비롯한 나의 꿈틀거림이었다. 더 나은 사람이 되었다고 해서 그 전의 상처가 사라지고 아무는 것은 아니었다. 그렇지만 난 칭찬을 받았고, 그건 썩 나쁘지 않은 일이었다. 날 가장 힘들게 만들던 멀미와 같던 약점들은 어느새 나의 가장 큰 강점이 되어 있었다. 그리고 난 신문방송학을 전공하는 대학생이 되었다.

난 아직도 무언가를 소리 내어 말한다는 것이 부담스럽다. 취업을 위해 면접을 볼 때나, 회사에서 회의를 할 때, 발표를 할 때, 그 시절 영웅담의 주인공이었던 나는 흔적도 없이 사라질 때가 많다. 수도 없이 쩔쩔매고, 수도 없는 말들을 더듬곤 한다. 학교라는 울타리에서는 연습이면 충분했던 것이 회사라는 곳에서는 매사 예측하기 어려울 뿐더러 눈치 보지 않고 주눅들지 않아야 된다는 요소까지 더해져야 했다. 사회 생활에서는 정말 이를 악물고 대담해져야 받을 수 있는 것이 칭찬이라는 것이었다.

　　현실에서는 그냥 지나쳐갔으면 싶은 순간들이 예상보다 자주 찾아온다. 여전히 지금의 난, 어릴 적 그때를 닮은 순간들이 또 나타나면, 한참을 한숨 쉬다가 결국 어쩔 수 없다는 듯이 다시 꾸역꾸역 일을 해내곤 한다. 그리고 이왕이면 잘했으면, 잘되었으면 좋겠다는 생각을 한다. 할 수 있는 만큼 더 해보고 싶다 생각하고, 해야 한다 다독인다.

　　이 뜨거운 아지랑이를 참고 버텨낼 수 있다면, 전혀 상상치 못했던, 느끼지 못했던 세계가 도래할 것이었다. 그것은 누가 해줄 수 있는 것이 아니다.

우리가 타고 있던 미니밴이 드디어 목적지에 다다랐다. 눈을 뜨고, 몸을 일으켜, 숨을 한 번 크게 내쉬었다.

다시 힘껏, 문이 열리었다.

바이칼 호수에서 찾은 한강

　겨울의 바이칼 호수는 더 차갑고 거대해 보였다. 호수라는 말보다 꼭 동해바다를 떠오르게 하는 모습에 넋을 놓고 바라보았는데, 그 뒤로는 눈으로 하얗게 뒤덮인 설산이 거대하게 자리잡고 있었다. 바이칼 호수는 그 설산과 함께라야 완성이 되는 것만 같았다.

　두리번거리다 카메라에 그 풍경들을 담기 위해 빨갛게 꽁꽁 언 손으로 셔터를 눌렀는데, 막상 찍고 나니 광활한 모습이 전부 담기지 않았다. 아쉬움과 안타까움이 동시에 들었지만, 어쩔 수 없으니 렌즈보다 내 눈을 통해서 더 오래 보고 담아놓아야겠다는 생각이 들었다. 좀 더 지나면, 꽁꽁 얼어붙은 바이칼 호수를 볼 수 있다고 했다. 호수가 얼어붙으면, 그 모습을 사진으로 남기기 위해 새로운 여행객들이 많이 찾아온다 했다. 그렇게 나도, 꽁꽁 언 바이칼 호수로 달라진 이곳의 세계를 마주하기 위해, 조만간 꼭 다시 오고 싶다는 생각이 들었다. 이 거대한 호수를 바라보고 있자니 이것을 꼭 닮은 것 같은 하나가 떠올랐다. 바로 한강이다.

한강을 가깝게 처음으로 마주했던 것은, 한강에서 열린 공연을 보러 갔을 때였다. 지방 사람인 나에게 한강은 충격 그 자체였다. 공연장은 한 개가 아니었고, 가장 멀리 떨어진 두 개의 공연장을 오가려면 도보로 족히 몇 십 분 이상 걸렸다. 한강이 그렇게 넓은 줄 그 때 처음 알았다. 그런 놀라움을 선사해줬던 곳을 가장 좋아하는 계절에 가장 좋은 날씨에 참 좋아하는 친구와 함께 갔었다. 그래서인지 한강 하면 그날 바라본 여러 빛깔의 석양과 그때의 바람, 좋아하는 노래, 그리고 내가 좋아하는 사람들이 떠오른다.

내게 한강은 꿈과 독립을 의미하기도 했다. 좀 더 잘되기 위해서는 막연하게 서울로 올라가야겠다고 생각했던 적이있다. 그리고 언젠가 지하철을 타고 지나가면서 한강의 야경을 보니, 내가 정말 서울에 와 있다는 실감이 났다. 그 후로 난, 한강에서 이루어지는 축제를 홍보하는 일을 두 해 동안 했다.

날씨가 좋아 기분이 무척 들뜰 때나, 마음이 무거워질 때면 나는 한강에 가고 싶다는 생각을 한다. 서울에 살기로 결정한 날, 앞으로 수없이 한강에 가리라 확신했지만, 그건 쉽지 않았다. 나에겐 한때 정말 간절했던 것일지라도 막상 이루고 나면, 언제든 할 수 있는 일이라는 나태함이 자라나곤 했다. 그렇지만 바이칼 호수 앞에 서니 나의 나태함을 깨뜨려줄 그리움 같은 마음이 다시 파도처럼 밀려왔다. 익숙하고 가까웠던 일상에서 멀어지니, 다시 본래의 일상이 그리워지는 나도 참 청개구리 같다는 생각이 들었다. 무슨 '밀당' 도 아니고 말이다. 바이칼 호수를 보니 한강이 보고 싶어지는 맘이 참으로

이해가 가지 않으면서도 외면할 수 없는 나의 진심
인 것만은 분명했다.

폭설이 들려준 행운

리스트비얀카에는 차가 지나다니는 길을 제외하고는, 집 근처와 상점 주변에 전부 종아리까지 눈이 쌓여 있었다. 살 끝을 에는 날카로운 바람이 연신 온 몸 구석구석을 비집고 들어왔다. 겹겹으로 입은 뻣뻣한 옷들도 그날은 헤진 천 조각처럼 힘이 없었다. 바이칼 호수는 매혹적이었지만 겨울의 혹독한 날씨는 미처 손쓸 새도 없이 체력을 바닥나게 만들었다. 광활한 호수를 품고 있는 이곳에서는 더 거센 바람들이 곳곳에 칼자국을 내는 것 같았고, 높이 쌓여버린 눈 위를 한 발자국씩 걷는 것도 여간 힘든 일이 아니었다. 몸통은 괜찮다 해도, 얼굴과 손을 덮치는 바람의 조각들을 버티기는 힘이 들었다.

그렇게 간신히 한 발 한 발 떼고 있던 중, 파랗고 노란 눈 색깔을 지니고 있는 몸집이 큰 시베리안 허스키가 서 있는 것이 보였다. 그 뒤로 보이는 'coffee'라고 써 있는 카페와 한 식구 같았다. 우린 황급히 그 작은 가게 안으로 들어갔다.

그날 마을은 온통 조용했다. 그곳에 우리말고 다른 여행객들은 보이지 않았다. 그렇게 들어간 그 카페도 우리가 첫 손님인 것 같았다. 카페 안에는 할머니와 아주머니가 계셨고, 할머니는 가게 안의 바닥을 기다란 걸레로 닦고 계셨다. 깨끗해진 바닥 위로 눈길에서 한참을 질척인 내 운동화를 올려놓는 것이 잠시 망설여졌다. 조심스레 가게 안으로 천천히 들어가 한쪽 자그만 테이블 위해 짐들을 풀어놓았다. 그러자 갑자기, 할머니께서 한 손에 들고 있던 걸레로 바닥을 탕탕 치며 내뱉는, 알아들을 수 없는 말들이 속사포로 공중에 흩어졌다. 난 너무 깜짝 놀라, 아까의 망설임이 혹시 내가 몰랐던 이곳의 예절을 방해한 것이 아닌가 싶어 두 손으로 입을 막고 놀란 표정으로 할머니를 쳐다보았다. 할머니는 그런 나를 보곤 호탕하게 웃으면서, 손을 휘휘 저어 보이셨다. 사촌 동생이 해석하길 '바닥을 다 닦아 놓았는데 이제야 들어오다니' 라는 뉘앙스로, 대충 그분만의 장난인 것 같다고 했다. 아, 큰일 난 것이 아니었구나. 안도의 긴 숨을 내쉬고 할머님을 쳐다보며 웃어 보였더니, 할머님도 그에 대한 답변으로 호탕한 웃음을 다시 한껏 지어 보이셨다.

　테이블 위에는 메뉴판이 놓여 있었다. 사촌 동생과 나는 그곳에서 가장 따뜻해 보이는, 아니 가장 뜨거워 보이는 라떼 한 잔씩을 주문했다. 얼마 걸리지 않아 몇 개의 각설탕이 함께 올려진 라떼 두 잔이 나왔다. 꽁꽁 얼어 있던 내 몸 안으로 흘러 들어갈 단 것이 필요했다. 그 라떼 속으로 각설탕 두 개를 담가 녹였다. 고루고루 휘저어 한 모금을 마셨더니, 이제야 살겠다는 기분으로 정신이 말짱해지고, 눈꺼풀에도 바짝 힘이 들어갔다. 그제서야, 아직 남아 있던 바이칼 호수의 일정을 실현시킬 수 있을지 의문이 들기 시작했다.

　리스트비얀카에는 체르스키 전망대가 있는데,

높은 곳에서 넓은 바이칼 호수를 한눈에 품고 바라
보기에 더없이 좋은 곳이다. 이곳까지는 리프트를
타고 올라가야 하는데, 과연 이런 폭설에 무사히 갈
수 있을지 의구심이 들었다. 우리는 그 카페에 계신
아주머니께, 전망대에 가기 위한 리프트가 운행되
는지를 여쭈어보았는데, 돌아온 대답은 역시 오늘
은 운행하지 않는다는 것이었다. 만약 우리가 그 전
망대에 가고 싶다면 아주머니는 택시를 불러줄 수
있다고 말씀했다. 그 말을 들은 우리는 선택의 기로
에 빠졌다. 만약, 택시를 타고 이곳에서 전망대까지
갈 수 있다고 치자, 그렇지만 눈은 여전히 계속 내리
고 있고, 그곳에는 얼마나 더 많은 눈이 쌓여 있을지
알 수 없는 노릇이었다. 도착한다 해도, 다시 돌아
오는 것도 문제였다. 계획을 이루지 못했다는 것은
왠지 지는 듯한 기분이 들게 했지만, 그날은 좀 더
이성적인 판단이 필요했다. 우리는 몇 시간 뒤에 또
다시 모스크바로 가기 위한 시베리아 횡단 열차를
타야 했고, 혹시나 이곳에서 다시 되돌아가는 데 시
간을 소모해 그 열차를 놓치면 안 될 일이었다.

사촌 동생과 나는 다시 미니밴을 타고 처음의 시

장으로 돌아가자고 결정을 내렸다. 시장의 모습들을 여유롭게 눈에 담으며 남은 시간을 느긋하게 보내는 것도 꽤 근사한 일이 될 거라고.

생각으로 분주했던 나의 머릿속과 몸이 한껏 차분해졌다. 곧 찻잔의 반도 채 남지 않은 라떼를 남김없이 비워내고는 다시 돌아갈 채비를 하였다.

사촌 동생과 나는 따뜻한 곳에서 몸을 녹일 수 있던 것에 대한 고마운 마음으로 할머니와 아주머니께 웃음을 지어 보였다. 그리고, 그 웃음에 대한 대답이 들려왔다.

"갓 블레스 유!"

그날 우리는 러시아의 가장 하얗고 가장 조용한 마을에서, 가장 고운 목소리로 흘러나오는, 가장 따스한 선율의 행운을 들었다.

과일의 인연

　　이르쿠츠크 중앙시장에는 형형색색으로 쌓인 과일들을 팔고 있었다. 알록달록한 색깔과 탑처럼 쌓아 진열되어 있는 모습에 홀려, 지나갈 때마다 자꾸 눈길이 갔다. 그것들은 평소 우리가 알고 있는 과일들과 비슷한 모습이지만, 간혹 복조리 같이 생긴 것도 있었는데, 나중에 열차에서 만난 러시아 친구에게 물어보니, '배'라고 알려주었다. 러시아에서 만났던 과일들은 이렇게 비슷한 듯 다르기도 했지만, 언제나 그렇게 정갈한 모습들로 차곡차곡 놓여 있었다.

하루는 열차 안의 몇 몇 사람들이 작은 사과를 한 손에 쥐고 왔다갔다하며 연신 베어 물고 있었다. 그 색이 너무도 짙은 빨강이라 마치 동화 속 독사과처럼 느껴졌다. 당연히 독은 품고 있지 않겠지만 크게 한 움큼 베어 무는 것을 보면, 열차 안에서의 일들을 마치 동화 속 이야기로 빠져들게 하는 것 같은 착각을 일으켰다. 나도 그 모습에 홀려 사과 한 개를 사 먹었는데, 그들이 먹는 것과 꼭 닮은 것을 함께 먹는다는 것이 무언의 동질감을 느끼게 했다.

또 한 번은 정차하던 역에 내려 상점에서 귤 한 보따리를 사서 먹었다. 그것은 꽤나 달고 새콤한 맛이었다. 열차에서 라면과 같은 즉석 식품을 챙겨먹던 우리들에겐 꽤 값어치 있는 간식이 되기에 충분했다. 그 귤이 우리의 자리에 놓여 있는 걸 보고 갑자기 러시아 군인 친구가 말을 걸어오며 한 개 먹어도 되냐고 물어온 적이 있는데, 아끼는 것이었지만 거절하기엔 야박한 것 같아 흔쾌히 주었다. 과일이 사람과 사람 사이를 연결하는 구실을 톡톡히 해주고 있다는 생각이 들었다. 떠올려보면, 과일을 좋아하는 사람들은 참 정이 많은 사람들이었다.

대학생 때였다. 교양 수업을 들으며 친해진 중국 유학생 언니가 있었다. 중국어 강의에서 언어를 배우고 문화를 나누라며 교수님은 중국인 학생과 함께 수업을 듣게 해주었던 것이다. 수업 첫 날, 우연히 그 언니와 가까운 옆자리에 앉게 되었다. 언니가 갖고 있던 우리나라의 모습이 담긴 엽서를 보며 처음으로 이야기를 나누었고, 그 이후로도 같이 옆자리에 짝꿍처럼 앉게 되었다. 혼자 듣던 교양 수업에서 가장 친한 사람이 된 것이다.

언니를 우리 집에 초대한 날이었다. 난 대강의 우리 집 위치와 동네에 도착하는 버스 번호를 알려주고 난 뒤, 정류장에서 언니를 기다리고 있었다. 버스가 한 대 도착했고, 문이 열리자 뒷문으로 내리는 언니가 보였다. 언니의 손에는 꽤 크고 무거워 보이는 동그란 수박 한 통이 들려 있었다. 버스를 타고도 족히 열 정거장 넘게 걸리는 거리를, 묵직한 수박을 들고 여기까지 온 것이었다.

"한국에서는 다른 사람 집에 갈 때, 이런 걸 사가지고 가는 것이 예의라고 들었어."

언니가 나를 보며 해준 말이었다.

언니가 갖고 온 것은 수박 한 통이었지만, 그 안에 담겨 있는 것은 한 움큼 베어 문다고 해도 사라지지 않을 붉디붉은 애틋한 정이었다.

마음을 나눈다는 것은 마치 귤 하나를 함께 까서 꼭꼭 씹어 먹는 일과도 같다. 그리고 사과 하나를 깎아서 같이 아삭 씹어 먹는 일과도 같다. 커다란 수박 한 조각씩을 들고 와작 베어 무는 일과도 같다.

평소에 과일을 나눌 일은 자주 없었는데, 이렇게 처음 보는 사람들과 과일을 아삭아삭 씹으며 함께 하니, 이상하게 마음이 행복해졌다. 이곳에서는 내가 그들에게 과일 같은 사람이었을까. 귤과 오렌지처럼 시고 강력하진 않더라도, 사과나 체리 정도로 단맛이 돌 만한 그런 사람으로는 남았기를 작게나마 소망해본다.

부탁하는 능력

숙소에서 빠져나와 다시 이르쿠츠크 역으로 돌아갈 준비를 했다. 챙겨놓은 분신 같은 짐들을 잠시 내려두고, 사촌 동생은 역까지 우릴 데려다줄 택시를 호출하기 위해 핸드폰을 꺼냈다. 택시는 횡단 열차 다음으로 우리가 가장 많이 애용하고 있는 교통수단이었다. 짐을 갖고 간편하게 움직이기엔 택시만큼 편한 것이 없었기 때문이다. 러시아에는 이런 택시를 호출할 수 있는 택시 앱이 있는데, 우리가 가고 싶은 목적지를 입력하면 가장 가까운 거리에 있는 택시를 배차해주고, 그 택시가 오기까지 얼마의 시간이 소요되는지, 그리고 대략의 요금까지도 함께 알려주었다. 택시를 호출하는 업무는 오롯이 사촌 동생의 몫이었다. 이러한 업무 분담에 대해 얘기해보자면, 우리가 여행을 출발하기 전으로 거슬러 올라간다.

사촌 동생과 여행을 가기로 확정짓기 전, 나는 이미 혼자 대략적인 일정과 여행 계획을 여러 경우의 수를 두고 계획하고 짜보는 중이었다. 기존에 찾아놓은 정보들 덕분에 우리 둘이 함께하는 전체 일정을 분배하고 나열하는 것은 그리 어렵지 않은 일이었다. 이미 계획해놓은 그림 중에 어떤 것을 선택하고 버릴 것인지, 나의 욕심으로 무성하고 주렁주렁한 여행 나무를 다듬어 가지치기만 해주면 되는 일이었다.

그러던 와중에 사촌 동생은 일정을 계획하는 건 사실 본인에게는 어려운 일이라며 자신이 도와줄 수 있는 일을 맡겨달라고 했다. 그래서 나는 곰곰이 생각해보다 러시아에 맨 처음 도착해 핸드폰 유심을 바꿔 끼우는 법, 그리고 택시 앱을 사용하는 법을 알아올 것, 이 두 가지를 요청했다. 그 부분은 기계 치인 나보다 사촌 동생이 잘할 수 있을 거란 생각이 들었다.

사촌 동생은 러시아 여행을 다녀온 직장 동료에게 묻고 인터넷으로 찾고 또 찾아 모든 것을 완벽하게 숙지해왔고, 이것은 여행에서 진가를 발휘했다. 덕분에 사촌 동생이 택시 앱을 켤 때마다, 난 아주 만족스러운 웃음과 함께 느긋하게 옆자리를 지킬 수 있었다. 그리고 이렇게 고루 업무 분담하기를 참 잘했다 싶었다.

사실 예전의 나였으면 사촌 동생에게 그 일들을 해달라고 부탁하지 못했을 것이다. 왜냐하면, 이유가 어찌되었건 그러한 요청과 부탁을 한다는 것이 내가 꼭 '명령' 하는 것 같다는 생각을 꽤 최근까지도 해왔기 때문이다. 고루 나누고 분담해야 마땅한 일이지만 단순히 내가 주체가 되어 다른 사람에게 '요청' 하거나, '부탁' 하는 것이 꼭 내가 시키는 사람이 된 것 같아 불편했고, 내가 뭔데 그것을 하라 마라 할까. 그런 마음이었다.

친구들과 여행을 가도 서로 각자 분담하고 손발

이 척척 들어맞는 친구들이 아니면, 채워지지 않는 부분이 있어 그냥 내가 더 할 수 있는 만큼 하는 것이 오히려 불안하지 않고 편하다 생각했다. 회사 생활에서도 충분히 동료에게 요청하고 분담할 수 있는 일도, 그런 말을 꺼낸다는 것 자체가 참으로 불편했다.

　이런 내 맘에 변화를 일으킨 건 함께 일했던 회사 동료의 한 마디 때문이었다. 우리는 마치 조별 과제를 하는 것처럼 한 팀으로 업무를 진행하고 있었고, 그 안에서 각자 맡은 업무가 있었다. 그중 나는 홍보 일을 맡았는데, 홍보를 위해 온라인에 업로드해야 할 웹플라이어 이미지를 편집하고 있었다. 작업을 하면 할수록, 수정해야 할 것들이 물밀듯 생겨나기 시작했고, 시간은 한정적인데 자꾸 촉박한 맘이 들었다.

　그 와중에 맡은 것을 어느 정도 끝마친 동료가 내게로 왔다. 그리고 컴퓨터 앞에 앉아 고군분투하는 나를 보더니 아직도 할 게 많이 남았는지 물어보는 것이었다. 사실 그 물음에 대답할 여유도 충분치 않아 간략한 답만 남기고 남은 일을 마저 하려는데, 그 친구가 본인들은 지금 해야 할 것을 마무리한 상태이니, 도와줄 수 있다는 것이었다. 자신들이 할 수 있는 일과 도와줄 수 있는 일을 알려주면 더 빨리 끝마칠 수 있고, 그게 더 효율적이지 않겠냐고. 평소 같으면 내가 맡은 일은 아무리 오래 붙잡고 있더라도 내가 하는 것이 맞다 생각했는데, 그 말을 들으니 정말 고마웠고 효율성과는 거리가 먼 나의 답답함과 미련함에 대한 자책이 교차했다.

　나는 우선적으로 해야 할 일들 중에 간단히 편집할 수 있는 일들을 팀원들에게 알려주었고, 얼마 걸리지 않아 그 친구들은 그걸 다 해내었다고 나에게 환한 미소를 지어 보였다. 그렇게 내가 도움을 요청할 때, 그 친구들은 각자 능력을 발휘해 나를 지탱해주었고, 도움을 요청받을 땐, 나도 다시 나의 능력을 발휘해 그들을 지탱해주었다.

　나의 몫을 온전히 내 힘으로 해낼 수 있다면 좋을 것이다. 그렇지만 때로는 내가 상대방에게 '도움'을 요청하고 손을 내미는 것도 나의 능력이 될 수 있다는 것을 알았다. 아마 이 사건을 겪지 못했다면, 그 동료를 만나지 못했다면, 난 이번 여행에서도 사촌 동생의 진가를 까마득히 놓쳐버린 채, 혼자 꾸역꾸역 그 만치의 양을 채우려 하며 답답해 하고 있었을지도 모른다.

우리는 그렇게 각자의 능력과 취향에 꼭 들어맞는 업무 분담으로 마지막까지 한 치의 불평도 없이 여행의 임무를 완벽히 수행해낼 수 있었다.

3부. 두 번째 열차

수다 떨고 놀기만 하기에도
시간이 모자란걸요.

불안의 블랙홀을 조심해

곧 열차를 타야 했다. 열차 타는 것이 처음이 아니기에 한 시간 정도 여유를 두고 역에 도착해도 충분할 것으로 생각했다. 그렇지만 바이칼 호수에서 이미 체력을 소진한 탓에 마음이 괜스레 불안하고 긴장되었다. 혹시 모를 경우를 대비해 다운받아놓았던 시베리아 횡단 열차 앱과 미리 출력해 가져온 티켓이 있음에도 불구하고, 꼭 현장에서 실물 티켓을 발권해야 탑승할 수 있을 것 같다는 염려에 한참을 물어보고 헤매고 다녔다. 그 질문에 대한 역무원들의 대답은 핸드폰 앱에 있는 예매 내용이 티켓과

동일하니 이것을 가지고 탑승하면 된다고 했다. 그럼에도 불구하고 괜한 초조함에 사로잡혀 내가 잘못 알아들은 것은 아닌가 하는 불안감에 발권을 위해 끊임없이 역 안을 돌아다녔다. 생각보다 이르쿠츠크 역은 수많은 출입구가 있는 공간 분리형 구조여서 발권할 곳을 찾는 것이 여간 헷갈리는 일이 아니었다. 시간은 점점 더 촉박해지고 초조함으로 역 안을 둘러보는데, 그 순간 멀찌감치 한국인으로 보이는 여행객이 보였다. 더는 안 되겠다 싶어 일말의 고민할 틈도 없이 그분들에게 성큼성큼 다가갔다.

"혹시 한국 분이세요? 실물 티켓을 발권하지 못했는데, 앱의 예매 내역으로도 탑승할 수 있나요?"

이 순간 내 표정은 정말 애처로웠을 것이다. 한 여행객이 바싹 메마른 입술과 거의 울상인 표정으로 질문하는 나에게 따로 발권하지 않아도 되며, 핸드폰 앱으로 탑승할 수 있다고 답해주셨다. 그것도 정말 정말 따뜻한 눈빛과 함께.

나는 그분들께 연신 감사하다는 인사를 전했다. 아마 시간이 좀 더 주어졌다면, 서로의 여행에 대한 회포를 풀었을 수도 있었을 텐데. 그렇지만 사촌 동생과 나는 더 이상의 여유가 없었기에 감사하단 인사를 전하자마자, 돌덩이 같은 캐리어를 끌고 열차 타는 곳으로 달려갔다. 계단을 내려가니 열차를 타려는 수많은 사람들이 보였고, 수북이 쌓인 눈길을 헤치고 우리는 두 번째 시베리아 횡단 열차에 바로 올라탈 수 있었다.

나는 열차에 올라타 자리에 앉자마자 넋을 놓을 수밖에 없었다. 여행지에서 체력이 따라주지 않는다는 것이 이런 기분이구나, 하는 생각이 들었다. 괜히 좀 안다고 여유를 부리고 우쭐했구나 싶었다. 조급해지면 제대로 알아들은 사실조차도 판단할 여력이 흐려질 만큼 여유가 없어지니 말이다.

긴장의 끈이 느슨해진 것을 알아챘다면, 좀 더 바짝 졸라매야 한다. 한 발자국 내디뎌야 할 순간에 절대 풀리지 않도록. 나를 지탱해주던 든든한 그 끈 조각이 풀린 것을 미처 알아채지 못해 허투루 걸려 넘어지는 일이 없도록.

용기는 타이밍

두 번째 열차는 이르쿠츠크에서 처음 출발하는 열차가 아니었기에, 그 안에는 이미 꽤 많은 사람이 타고 있었다. 우리가 타고 있는 칸을 가장 많이 차지하고 있던 이들은 학생들이었는데, 수학 여행 비슷한 것을 가는 것으로 추측됐다.

사촌 동생과 나는 대충 짐을 정리하고 다시 둘만의 시간을 보내기로 했다. 바이칼 호수에서 많은 체력을 소비했던 탓에, 나도 오늘은 그만 일찍 쉬어야겠다는 생각을 하고 있었다. 그렇게 가만히 앉아 있는데, 학생 중 네 명 정도 되는 무리가 천천히 우리

자리로 다가오며 말을 걸어왔다. 무리 중 말을 거는 역할을 담당한 것 같은 양 갈래 머리를 한 여자친구는, '매울 신(辛)'이 적힌 빠알간 우리나라의 컵라면 하나를 들고 있었다. 그것을 가리키며, "이것은 어떻게 읽는 것이냐"고 물어보는 것이었다. 우리는 '신'과 '라면'이라는 발음을 차례대로 소리 내어 읽어주었더니, 그 학생도 그 발음을 따라했다. 뒤에 있는 친구들은 가만히 서서 우리를 바라보고 있었다. 라면을 들고 있던 양 갈래 머리 친구는 다시 우리에게 사진 한 장을 같이 찍자고 했다. 흔쾌히 고개를 끄덕이자, 뒤에 서 있던 친구들도 함께 우리 옆자리에 앉았다. 그리고 많이 어색했지만, 하나의 렌즈를 바라보며 함께 '셀카'라는 것을 찍었다.

새로 올라탄 열차에서 그런 관심을 받으니 놀랍기도 했지만, 싫지는 않았다. 우리에게 다가와서 말을 걸기까지 본인들끼리 얘기하고 각자의 역할을 정했을 그 모습이 상상되어 웃음이 나왔다. 그렇게 그들은 다시 빠알간, 그 라면을 들고 자리로 돌아가 연신 수다를 떨었다.

모스크바로 가기 위해 올라탔던 열차는, 우리가

처음에 블라디보스토크에서 이르쿠츠크까지 탔던 열차보다 좀 더 온화하고 따뜻한 분위기를 풍겼다. 사람들과 사람들 사이에서는 이런저런 대화가 허기를 채워주는 라면 냄새처럼, 얼큰하게 모락모락 피어났다.

학생들은 화장실 거울 앞에서 노래를 부르며 살금살금 춤을 추기도 했고, 그 좁디좁은 화장실에 최소 두 명의 인원이 꼭 같이 몰려가 연신 웃으며 이를 닦거나, 세수를 하고 오곤 했다. 그 모습이 재미있기도 하고, 여중, 여고를 다닐 때 한창 몰려다니던 내 모습이 떠올라 학생들을 더 지켜보게 되었다. 나름 사진도 찍은 사이이니 한숨 자고 나면 내일 무슨 여행을 하는지, 어디를 가는지, 어느 나라 사람인지, 그들에게 이런 간단한 것들을 물어봐야겠다 생각했다. 그렇게 들뜬 마음으로 잠자리에 들었는데, 날이 밝아 일어났을 때에는 이미 그 친구들은 전부 내리고 없었다. 아마 새벽의 어느 역이 그들의 종착지였나보다.

지난 밤보다 무척 적막해진 열차의 분위기가 느껴지니, 더 아쉬웠다. 나중이라는 건, 시베리아 횡단 열차에서도 장담할 수 없는 일이라는 생각이 들었다. 원하는 것, 하고 싶은 것은 조금의 용기, 아니 큰 용기가 필요한 것이라도 당장 결단을 내리고 행동으로 실행시켜야만 한다.

　이 짧은 여행 동안만이라도 사람을 알아가고 먼저 말을 거는 것에 인색하지 말아야겠다는 생각이 들었다. 부디 이곳에서만큼은.

마음 언박싱

열차 안에서는 가끔씩 서로가 갖고 있던 물건들을 사고 파는 일들이 있었다. 마치 식량 장터를 방불케 하는 모습이었는데, 이것은 현지에서 맛보고 살 수 있는 익숙한 것들이 아닌, 낯선 음식과 사람들에게 반응을 얻어 가끔씩 생겨나는 일이었다.

한번은, 한국에서 챙겨간 카레라면과 컵라면을 펼쳐놓고 한참을 맛있게 먹고 있던 차에, 옆쪽에 있던 풍채가 크고 머리를 빡빡 민 아저씨들이 우리에게 말을 걸어왔다. 엄지와 검지손가락을 맞대며, 'Money(머니)'라는 말만 계속 반복하였는데, 처음에는 돈을 달라는 뜻인지 정확히 알아들을 수 없어 먹고 있던 라면의 면발을 놓고, 무슨 말인지 모르겠다는 표정을 지어 보였었다. 자세히 보니, 그 아저씨들은 우리가 먹고 있던 라면을 가리키고 있는 것이었다. 그제서야 이 라면을 돈을 주고 사고 싶다는 뜻이란 걸 알아차렸다. 처음에는 무엇을 사고 팔아야겠다는 생각은 전혀 해본 적이 없어 당황했다. 여유가 있으면 파는 것보다 나누어주고 싶다는 생각이 더 컸지만, 라면은 우리가 먹고 있는 것이 마지막이었기 때문에 나눌 수 있는 것이 없었다. 우리는 미안하다는 뉘앙스로 이게 마지막이라고 얘기를 해 보였는데, 그 분들도 대충 우리의 말 뜻을 알아들은 것 같았다.

또 한 번은, 우리가 사용하던 2층 자리 바로 아래층에 타고 있는 군인과의 이야기다. 흡사 룸메이트 같은 존재랄까. 그 군인은 우리가 탔던 첫날에 본인의 새 전투 식량을 꺼내어 그 안에 무엇 무엇이 들었고, 이것은 사촌 동생과 내가 며칠 동안은 족히 먹을 수 있는 양이라고 끊임없이 설명을 해주는 것이었다. 나는 저것을 살 필요가 있을까 하는 마음이 들기도 했지만, 사촌 동생은 이미 흥미를 보이고 있었다. 우리가 고민하는 눈치를 보이자, 그 군인은 처음에 얘기했던 가격에서 더 흥정한 가격을 이야기하며 전투 식량 안에 있는 것 중에 소고기로 만든 것도 있다며 소의 울음소리를 내어보다가, 본인의 옆구리를 칼로 도려내는 듯한 흉내를 내보이는 것이었다. 그만치의 연극을 본 대가로 우리는 결국 전투 식량을 구입하게 되었다.

받자마자 언박싱 하듯이 그것을 뜯고 안에 무엇이 있는지 구경했는데, 옆에 있던 아르꽁과 앤드류라는 러시아 친구 두 명이 그 전투 식량에 흥미를 보이기 시작했다. 정확히 말하자면 전투 식량을 먹으려고 하는 외국인인 우리의 반응을 궁금해하는 것 같았다. 꽤 묵직하고 두툼한 종이 박스의 포장을 뜯어 안에 있는 것들을 하나씩 펼쳐내기 시작했다. 그 안에는 크래커, 그것을 찍어 먹을 수 있는 소스, 치즈 및 사과잼, 그리고 커피, 설탕 등 다양한 것들이 들어 있었다. 물에 타 먹는 아이스티 같은 것도 있었는데, 맛이 영 특이해서 한 모금 정도 먹고 나머지는 전부 남겨버렸다. 그 다음은 크래커를 먹어보려

하자 아까 두 친구가 치즈 소스를 가리키며 그것에 찍어 먹는 것이 더 먹을 만하다고 알려주었다. 우리는 그 비법을 알려준 친구들에게 고마움에 대한 답례로 크래커와 소스를 함께 건넸다. 하지만 그들은 소스라치듯 괜찮다며 극구 사양했다. 분명 그 맛을 알고 있는 것이었다. 결국, 크래커 역시 열차에서 내릴 때까지 절반도 먹지 못하고 그대로 남겼다.

열차에서는 나에게 맛있고 좋은 것이면 더 나누어주고 싶다는 마음들로 가득했다. 한 번은 한국에서 챙겨갔던 쌀과자를 꺼내어 러시아 친구들에게 나누어주었고, 아르꽁과 앤드류는 다행히도 그것을 받아 맛있게 먹어주었다. 다만 그들에게 그것이 짭짤한 맛이었는지, 달콤한 맛이었는지, 정확히 무슨 맛이었는지는 아직까지도 알지 못한다. 그들이 먹으며 고개를 끄덕여주었다는 것밖에.

그 값어치 만큼을 주고 사는 것보다는 그렇게 함께 나눌 수 있는 것이 더 마음이 편했다. 그것이 오히려 우리가 돈을 받는 것보다 마음이 더 그득해지는 느낌이었다. 열차에 있던 친구들과는 서로 그림도 그려주고, 과일도 나누어 먹고, 그 안에 있는 동

안 함께 나눌 수 있는 것을 전부 나누었다. 그럴수
록 마음은 더욱 꽉 차올랐다.

말하지 않아도

　하루는 1층 복도 자리를 쓰고 있던 내가 한국에서 가져간 책 한 권을 읽고 있었고, 오랜 독서에 잠시 자세를 바꾸려 하던 찰나였다. 고개를 움직인 순간 맞은편 2층석에 앉아 있던 파란 눈을 가진 러시아 소녀와 눈이 마주쳤다. 반가움과 놀람에 미소를 지었는데 그 친구도 미소를 지어주는 게 아닌가. 갑자기 마음 한 편이 기울어지던 순간이었다. 난 사실 외국인들과 서슴없이 친해지기에는 부끄러움이 많고 낯을 가리는 편인데, 사촌 동생은 내가 잠들고 눈을 뜰 때마다 러시아인들과 무언가를 함께 나누어 먹으며 동해 번쩍 서해 번쩍 수많은 자리들을 누비고 다녔다. 이번에도 하룻밤이 지나고 나면 사촌 동생이 나에게 미소를 지어준 저 소녀와 친해져 있을 것 같다는 예감이 들었다.

다음 날, 잠이 덜 깬 내가 초점 없는 눈으로 앉아 있던 사이로 사촌 동생과 그 소녀가 눈을 맞추고 손까지 흔들며 인사를 하고 있었다. 나도 그 기세를 틈타 인사를 해 보였다. 사촌 동생은 어젯밤 맞은편 1층 할아버지와 2층의 소녀가 본인에게 러시아어를 알려주느라 꽤나 곤욕을 치렀다는 얘기를 들려주었다. 저 소녀의 이름은 스비에따라고 했다.

내가 잠든 사이 있었던 일들에 대해 이런저런 회포를 푸는데 스비에따가 슬며시 내 옆으로 와 내 시베리아 횡단 여행 가이드북을 짚어 보였다. 그리고 맨 뒷장의 간단한 러시아어가 적힌 페이지를 펼치며 단어를 하나씩 하나씩 읽어주기 시작했다. 스비에따의 가르침에 난 수줍은 학생처럼 따라했고, 쉽지 않은 발음들이었지만 그렇게 스비에따와 나는 서로의 눈을 더 가까이 마주할 수 있는 사이가 되어가고 있었다.

스비에따와는 참으로 많은 이야기들을 나누었다. 아, 이야기라고 하기엔 의사 소통의 태반이 바디랭귀지고 회화 책의 간단한 문장과 단어들을 손으로 가리켜 이해하는 것이 전부였지만. 난 핸드폰 사진첩을 열어 부모님 사진, 한국의 봄, 여름, 가을, 겨울, 내 방 사진 등을 보여주며 알려주고 싶은 것들을 전부 꺼내어 스비에따에게 펼쳐내었다. 스비에따는 내가 엄마와 아빠 중에 엄마를 더 닮았다고, 한국의 봄은 정말 예쁘고 한국의 겨울은 러시아보다 눈이 적게 오는 것 같다고 말해주었다. 그리고 내 방 안에 붙어 있는 엽서를 보고는 엄지손가락을 치켜올려주었다.

그렇게 밤이 무르익어가는 사이, 스비에따가 내 핸드폰에 꽂혀 있던 이어폰을 가리켰다. 노래를 같이 듣자는 의미란 걸 알 수 있었다. 급하게 자주 듣는 노래 스무 곡 남짓만 음원 사이트에서 다운받아 오느라 한국 노래밖에 없는데 괜찮겠냐는 뉘앙스를 보였는데, 스비에따는 고개를 끄덕이고 웃으며 함께 듣자고 했다. 손으로 파도 치듯 물결 흐르는 동작을 하는 것을 보니 그녀는 나에게 알앤비와 발라

드, 댄스 중 무엇을 좋아하는지 물어보는 듯했다.

"나는 다 좋아해!"

나도 마찬가지로 그녀와 똑같은 동작을 하며 어떤 장르를 좋아하냐고 물었고, 역시나 스비에따도 전부 다 좋다고 했다. 꽤나 고심하던 끝에 내가 좋아하던 한국 밴드의 노래를 들려주어야겠다는 생각이 들었다. 이 곡의 시작은 드럼으로 시작되는데 난 이 드럼 소리가 참 좋다고, 드럼 치는 동작을 흉내 내니 스비에따가 고개를 끄덕이며 웃어 보였다.

손짓, 발짓, 눈빛, 미소로 서로를 이해하던 우리는 이어폰을 나눠 끼고 아무 말 없이 흘러나오던 노래에만 귀를 기울였다. 함께 노래만 듣고 있을 뿐인데, 나는 이상하게 가슴이 두근거렸다. 스비에따는 나에게 창 밖을 보자며 손으로 창 쪽을 가리켰다. 그렇게 고갤 돌려 우리는 같은 곳을 바라보며 같은 노래를 함께 들었고, 나는 어두워진 창에 비친 스비에따의 눈빛을 바라볼 수 있었다. 그녀는 파란 눈동자를 가지고 있었지만 열차 밖의 눈으로 가득 쌓인 흰색 벌판처럼 투명하고 따뜻해 보였다. 그리고 그걸 바라보는 내 눈빛도 똑같은 색으로 물들어가고 있었다.

각설탕의 온도

난 평소에 단것들을 많이 먹는데, 차와 아메리카노는 예외다. 설탕에 절인 과일을 생수와 탄산수에 타먹는 경우를 제외하고는 아메리카노에 가루 설탕이나 시럽을 넣는 것을 딱히 좋아하진 않았다. 그렇지만 라떼라면 또 달라지는데, 라떼에 다양한 맛의 시럽이 들어가는 것은 얼마든지 좋다. 다만 자제하는 것이었고, 다분히 나의 '취향'으로 정의되는 일들이었다.

러시아에서 자주 볼 수 있는 것 중 작고 네모난 크기의 각설탕이 있다. 한국에서 흔히 보던 액체 형태의 시럽이나, 작고 기다란 종이 포장지에 가루 설탕이 담겨 있는 것과는 좀 다른 모양새다. 마치 각얼음이 연상되면서 녹여버리고 싶다는 장난과 같은 충동이 들기도 했다. 그런 맘에 괜히 따뜻한 라떼와 같은 커피에 한 개씩 담가놓고 마셔보는 행동에 익숙해졌다. 이렇게 추운 곳에서 느낄 수 있는 단맛은 결코 외면할 수 없는 반가움이기 때문이다.

하루는 열차 안에서 옆자리 러시아 친구가 과일 차를 마시려 하고 있었다. 사촌 동생과 나도 그것을 보고 함께 차를 마실 준비를 하려는데, 러시아 친구는 그런 우리를 보더니 본인이 마시려던 과일 차 티백을 우리에게도 한 개씩 나누어주었다. 그리고 컵에 뜨거운 물을 붓고 준비를 다 마쳤을 무렵, 하얗고 투명한 봉지에서 그것보다 더 하얗고 네모난 것을 하나 꺼냈다. 그것은 수북이 들어 있는 각설탕이었고, 우리에게도 필요한지를 물었다. 사실 내게 필요한 것은 아니었지만, 거절하기가 좀 그래서 한 개만 달라는 손짓을 해 보였다. 그 친구는 우리에게 각설탕을 나누어주고, 본인의 컵에도 두 세 개 정도 넣고는 스푼으로 휘휘 저어 녹이기 시작했다. 사촌 동생은 너무 달지 않겠냐며 놀라는 표정을 지어 보였지만, 그 친구는 괜찮다고 웃으며 한 모금의 양을 스푼에 담아 국처럼 떠 마시기 시작했다. 그러고 나서 우리에게 설탕이 더 필요한지 묻는 제스처를 보였는데, 우리는 깜짝 놀라며 괜찮다고 충분하다는 손짓과 함께 괜히 크게 웃음을 지어 보였다.

사실 각설탕 한 개를 넣은 과일 차는 이미 충분히 달았다. 반 모금을 마시다가 너무 달아서 혼자 조용히 일어나 뜨거운 물을 더 넣고 다시 마셔보았는데, 이상하게도 여전히 똑같은 농도로 단맛이 나서 천천히 한 모금씩 마시고 있었다. 그렇지만 그것이 어떠한 불편함을 준다거나, 싫지는 않았다.

왠지 이곳에서 각설탕을 건네 받을 때면, 따뜻한 진심을 받는 것 같은 마음이 들었다. 이 설탕을 건네주는 사람들은 항상 우리보다 먼저 커다란 웃음을 지어 보였고, 우리가 필요한 것들이 있는지 먼저 물어봐주었다. 그래서 이 작고 네모난 것을 받을 때면 먼 타지에서 챙김을 받고 있는 것만 같은 기분이 들었다. 그것이 전부 녹을 즈음 내 마음의 농도는 짙어져 더 따뜻한 말과 온기를 사람들에게 건넬 수 있게 된달까.

그 앙증맞은 모양이 귀여워 한국으로 돌아가 집에도 각설탕을 사놓을까 했는데, 어차피 제대로 된 쓰임을 하지 못하고 방치될 것이기에 마음속에만 남겨두기로 했다.

이 작은 것이 녹여낸 각양각색의 온정은, '달다'라는 가장 흔하고 단순한 맛으로 표현되겠지만, 이 단맛을 삼킬 때마다 그 언젠가 내가 영화에서 본 후 꼭 한 번 먹어보고 싶다고 생각했던 아카시아 꽃 튀김을 먹어보는 것처럼, 생전 처음 느껴보는 더 달큰하고 달콤한 것들이 연신 내 입안에서 아삭거리며 피어났다.

그 겨울, 나는 입가에 온통 아카시아가 만개한 숲을 키웠다.

조커는 누구

한숨 자고 일어났다. 열차 밖은 어둑어둑해져 있었고, 내 자리 맞은편에서는 시끌벅적한 소리가 들려왔다. 카드 게임이 한 판 벌어지고 있었다. 당연히 금전적인 목적은 아니었으며, 함께 모여 시간을 보내기 위한 일상 중에 하나였다. 그리고 또 하나의 사실은 내가 빠진 게임이지만 정작 그 카드의 주인은 '나'라는 것이다. 한국에서 필요한 것들을 살 때, 우리나라의 화투 패를 닮은 트럼프 카드를 팔고 있어 혹시 몰라 함께 챙겨왔다. 그 자그마한 카드는 열차의 사람들과 시간을 보내고 어울리는 데 톡톡

한 노릇을 하고 있었다. 카드의 룰을 모르는 사람들에게는 사촌 동생이 룰을 알려주었다. 그리고 사람들은 신기하게도 단번에 그것을 알아듣고 승리를 거머쥐기도 했다. 어느 순간부터 난 그 게임에 참여하는 것보다 참여하는 사람들을 구경하는 것에 더 흥미를 느끼고 있었다.

이번 게임에는 새로 한 청년이 합류했다. 그의 이름은 '에반'이었다. 에반은 왼쪽 귀에 담배 한 개 피를 꽂고 있었는데(참고로 횡단 열차는 전체가 금연 구역이다.), 잠에서 깬 나를 보더니 함께 게임을 하자고 했다. 나는 여기서 구경하는 것이 더 좋다며, 괜찮다는 투로 옆에서 지켜보고 있었다. 그러고 보니 이전 게임과는 하나 달라진 점이 있었는데 에반이 본인의 핸드폰으로 연신 노래를 틀어대고 있었던 것이다. 마치 디제잉 하는 것처럼 카드 게임의 흥을 돋우는 노래들을 쉴새없이 고르고 재생시켰다. 카드 게임과 그 현란한 일을 동시에 하는 걸 계속 보고 있자니, 처음엔 웃음이 나다가 나중엔 꽤 대단한 사람이구나, 하는 생각까지 들었다.

카드 게임은 조커를 갖고 있는 사람이 승자가 되

는데 어느 카드 게임처럼 조커의 역할은 막강했다. 조커가 나타날 때마다 에반의 휴대폰에서 흘러나오는 비트는 더 쉴새 없이 쿵쿵 울려댔다. 누군가의 손에서 예기치 않게 나타나는 조커 패 한 장은 그 게임을 이끌었고, 그에 대한 퍼포먼스인 것처럼 신나는 음악에 맞춰 조커도 춤을 추는 것 같았다.

카드 게임에는 룰이 존재한다. 그 게임에 참여하는 사람들은 그 룰을 따라야 하고, 그 법칙을 어기는 사람은 비겁하게 여겨진다. 그 룰을 지켜 성공을 거두는 사람은 우승을 할 수 있다. 이러한 게임은 승패로 인해 그 게임의 역량과 값어치가 판단되기 마련인데, 우리가 했던 게임은 승패가 아닌 오직 우리들의 즐거움을 위한 도구였다. 손 안에 조커를 쥐고는 아닌 척 포커 페이스로 미세하게 올라가는 입꼬리를 숨기는, 그 친구들의 찰나의 표정과 미소를 발견하는 것이 나에겐 더 재미있고 승리를 거머쥔 것마냥 즐거웠다.

한 판의 게임이 끝나고 착착 소리를 내며 카드 묶음을 섞고 있는데, 지나가던 빨간 머리 차장님이 흥미를 보였다. 걸음을 멈추고는, 우리에게 카드 섞는 것을 한 번 해보고 싶다는 것이었다. 차장님의 손에서 몇 번의 착착 소리를 내던 카드들이 힘없이 한꺼번에 쏟아져 내리는 순간, 도저히 어찌할 수 없다는 듯 양손을 높게 휘두르며 고개를 흔들어 보이고는 그 자리를 홀연히 떠나셨다. 우리는 그 모습을 보곤 소리 내어 웃었고, 그 웃음소리도 에반의 노래 박자에 맞춰 섞이고 있었다.

즐겁고 재미있었는데, 참 신기한 건 누가 그 게임의 승자였는지 전혀 기억이 나지 않는다는 거다. 내가 기억하는 것은, 카드 패 한 장에 절규하며 일희일비했던 우리들의 익살스러운 웃음 소리뿐이다.

어쩌면 우리 모두는 서로에게 수십 장의 카드보다도 더 돈독하고 끈끈한 한 패일지 모르겠다. 그럼 그 패들 중에 전부를 쥐고 흔들, 조커는 누굴까. 그것은 아직 미처 만나지 못한 또 다른 인연일 수도 있겠지. 숨어 있다 나타나 누군가의 삶을 단숨에 거세게 뒤집어버릴, 그 어떤 최후의 존재 같은 사람일지도. 그 사람을 위해 우리는 항상 맘을 열어두고 알아차릴 준비를 하고, 그렇게 맘 한구석을 또 비워놓고 지내야만 하는 건지도 모르겠다.

사랑 1

열차 안에는 한 노부부가 타고 계셨다. 그분들은 사촌 동생이 지내던 자리의 바로 건너편 1층에 자리를 잡으셨으며, 그 맞은편에는 우리에게 전투 식량을 팔았던 군인이 타고 있었다. 군인 친구는 그 할아버지, 할머니와 꽤 돈독한 사이를 자랑했는데, 한번은 우리와 카드 게임 하는 것보다 할아버지, 할머니와 수다 떠는 것을 택할 정도로 그들의 이야기는 쉴 새 없이 계속되고 있었다.

할아버지는 항상 민소매 셔츠 차림에 금색 목걸이를 하고 계셨는데, 나와 사촌 동생이 열차 사람들과 이런 저런 이야기를 하고 있으면, 가끔씩 그 모습에 흔히 '빵 터진다'와 같이 표현되는 호탕한 웃음을 보여주곤 했다. 할아버지는 주변 사람들에 많은 흥미를 보이셨으나, 할머니께서는 열차 안보다 밖에 눈길을 더 주시는, 조용한 분이셨다.

한 번은 군인 무리 중 한 사람이 나에게 와서 한국어로 번역된 한 문장을 들이밀었는데, 거기에는 이렇게 적혀 있었다.

"그는 혼자입니다."

언뜻 무슨 말인지 짐작은 갔지만, 그냥 모르는 척 그 친구에게 고개만 절레절레 흔들었는데, 그럼에도 그 군인은 연신 머리를 긁적이며 무언가를 번역기에 두드리고 있었다. 이 모습에 할아버지는 환한 금니를 드러내며 또 한바탕 웃어 보이셨다. 그 웃음이 꼭 너네 참 재미있다는 듯, 그 상황을 다 알고 웃으시는 것 같아 난 직접 말을 걸어오는 군인들보다 그 할아버지에게 계속 눈길이 갔다.

할아버지께서는 항상 할머니와 나란히 앉아 계셨다. 그분들도 이틀에 걸친 시간을 열차에서 지내고 계셨는데, 그 생활이 참 여유로워 보였다. 어느

저녁에는, 할아버지께서 담요를 펼쳐 2층 자리 양쪽으로 칸막이를 치듯 걸어두었는데, 그러한 행동이 불빛을 가리고 잠을 편히 자기 위해서라고 추측했다. 그렇지만 곧 할머니를 위한 할아버지의 매너라는 것을 알게 되었다. 사촌 동생은 할아버지께서 할머니가 옷을 갈아입을 때마다, 담요를 칸막이처럼 걸어두는 것이라고 했다. 그러고는 이내 할머니가 모든 준비를 마치면, 다시 그 담요를 바로 걷어 고이 접어두시는 것이었다. 사촌 동생은 할아버지를 진정한 사랑꾼이라 칭했다.

열차에서 그 사랑떤 모습을 보고 있자니, 나는 사랑하는 사람을 위해 무엇을 해주고 싶은지 생각해보게 되었다.

눈빛으로 힘을 실어줄 수 있는 사람이 되는 것, 더 좋은 한마디를 건네주고 싶고, 나의 말들이 그를 응원해줄 수 있다면 나도 덩달아 행복해질 것 같다.

노부부의 사랑을 보니 지난 날 그에게 몇 날 며칠을 고민하다 어렵게 꺼낸 그 말들이 다시 떠올랐다. 그것이 지금의 우리에게도 변함없이 힘을 줄 수 있을지 그 말에 대한 내성을 생각해본다. 내가 건넨 말들은 내성을 갖고 있을 테지만, 그가 나에게 건넨 말들은 내성이 없다. 어떤 말은 들을 때마다 괜히 저릿하게 하고, 어떤 말은 들을 때마다 괜히 또 되뇌고 싶게 한다.

혹여 지치고 바쁘다는 핑계로 힘듦만을 토로하지는 않았을까. 갑자기 일전의 수많은 우리 모습들이 떠올랐다. 곧, 내가 그에게 건네게 될 한 마디는 무엇일까. 그 말이 좀 더 사랑이 될 수 있기를.

바다는 물이래

어느 순간부터, 열차 안에서 사색을 하는 것보다 사람들과 수다를 떠는 비중이 커지고 있었다. 여기서 수다를 떤다는 것의 의미는, 정말 유창하게 대화를 나눈다기보다 서로의 행동과 표정을 보고 웃으며 말의 강세와 억양에 따라 대략적인 의미를 알아듣고, 다시 또 다른 이야기들을 이어나가는 패턴이었다. 이러한 일상에서 신기한 것은, 누가 억지로 시켜서 하는 것이 아닌, 서로에 대한 애착이 이어가는 행동이기에 힘들 것도 없고 지루할 것도 없다는 점이다. 낯선 것을 두려워하고 경계 가득한 방패부터 들어올리던 나에게는, 이러한 일들이 더할 나위 없이 신기하면서도 즐거운 일이었다.

이 과정에서 내가 가장 먼저 배우게 된 러시아어는 '프리벳' 이었다. 우리말로는 '안녕' 이라는 뜻이다. 본래 가장 먼저 알고 있던 말은 '쓰바시바, 감사합니다' 였는데, 이것은 여행을 떠나오기 전 러시아에 와서 고맙다는 말을 표현할 때 써야겠다고 기억해놓았던 말이다. 가이드북에서 간단한 단어들을 훑어보고 읽어보긴 했지만, 머릿속에 남거나 외울 수 있는 단어들은 많지 않았다. 그러던 어느 날, 간단한 단어들을 한 번씩 더 읽어 내려가던 중, 책에서 꽤 익숙한 발음을 발견했다.

'**вода**[바다]'

말로 소리 내어 읽으면, '바다' 였으며, '물' 이라는 의미였다. 옆에 있던 러시아 친구에게 테이블 위에 놓여 있던 물병을 들고 마시는 시늉을 하며 '바다?' 라고 물었더니, 그 친구가 맞다며 고개를 끄덕였다. 무언가 확인받았다는 마음이 들면서, 이것은 잊어버리지 않을 수 있겠다는 생각이 들었다. 그리고 얼마 지나지 않아 이 단어를 바로 사용할 수 있는 순간이 있었다. 다음 역에 정차할 때, 얼마 남지 않은 물을 사기 위해 역에 있는 상점으로 갔고, 주인 아주머니는 무엇이 필요하냐는 표정으로 가만히 우릴 쳐다보고 계셨다. 평소 같았으면 핸드폰으로 미리 찍어두었던 물건의 사진을 보여드린다거나 상점의 유리 벽에 전시되어 있는 물건을 가리켰을 텐데, 나는 망설임 없이 이 두 글자를 말해 보였다.

"바다! 바다!"

그러자 돌아온 아주머니의 대답은,

"가스? 노 가스?"

이 두 마디였다. 여기서 가스라는 것은 탄산수라는 것이고, 노 가스라는 것이 우리가 원하는 물이라는 것을 용케 바로 알아들은 나는 '노 가스'를 외쳤다. 아주머니는 바로 우리가 원하는 크기의 물 한 병을 건네주셨다.

내가 좋아하는 말의 모양새로 또 다른 한편에 사는 사람과 이야기를 나누었다는 것이, 내가 생각했던 것보다 더 근사한 마음과 뿌듯함을 안겨줬다.

나는 본래 '산'보다는 '강'을 좋아하는 사람이다. 그리고 '강'보다는 '바다'를 더 좋아한다. 당장

내 눈앞에 흘러 넘치고 있는 그 거대한 것을 보면 벅차오르는 무언가가 내 눈 속에 흘러넘쳤고, 그 끝에 대한 경계가 뚜렷하지 않다는 점이 내 맘을 홀가분하게 만들었다. 그래서 단순히 답답하다는 한 가지로 표현하기 힘든 꽉 막힌 마음이 들 때면, 바다에 가고 싶다는 생각이 들곤 했다. 바다에 가면 동영상을 찍어둔다. 언젠가 내게서 정말 작디작은 진동과 파동조차도 감지되지 않을 때, 그러할 힘이 없어질 때 다시 꺼내보고 싶기 때문이다.

그래서인지 러시아에서 물을 마실 때면, 내 안으로 바다처럼 시원한 것이 흘러 들어오는 것 같았고, 낯선 여행지에서 막연한 용기까지 함께 채워지는 느낌을 받았다. 그렇지만 이곳을 떠나면 나에게 다시 '바다'는 바다가 되고, '물'은 물이 될 것을 알고 있었다. 내 눈 속에서만 흘러넘치던 그 거대한 바다를 마실 수 있는 것은 오직 이곳에서만 가능한 일이겠지. 그러나 바다가 그렇게 다시 담아낼 수 없는 본연의 모습대로 남아야, 나는 또 나에게 소중하고 애틋한 바다를 지켜낼 수 있단 걸 안다.

청량함

 하루는 내 자리 바로 위 2층 자리를 사용하시는 할아버지와 1층에 함께 앉아 있었다. '카자흐' 라는 이름에, 신사와 같은 모습을 하고 계신 분이었다. 할아버지는 잠시 자리를 비우시더니, 이내 여러 종류의 군것질 거리를 챙겨와 우리에게 선물이라며 하나씩 나누어주셨다. 바삭한 그것들을 연신 먹으며 이야기를 나누던 우리는 목이 메여 탄산 음료를 가져왔는데, 카자흐 할아버지는 이를 보고 많이 마시면 좋지 않다고 말씀하셨다. 어릴 적 우리 할아버지와 할머니에게 들었던 것과 같은 말을 여기서 들으니 더 신기했다. 난 사촌 동생을 가리키며 '이 아이가 더 많이 먹어요'라는 투의 몸짓을 보였고, 그 순간 할아버지와 나는 사촌 동생을 두고 '몰이'를 하기 시작했다. 할아버지는 정말 그 콜라를 전부 마셔버리면 세상이 무너질 수도 있다는 듯한 표정을 지은 채 손을 연신 내저으셨다. 이에 나도 타이밍을 놓치지 않고 그러면 정말 나쁜 아이라도 될 것이라는 투로 사촌 동생을 보며 손과 고개를 절레절레 흔들어 보였다. 사촌 동생은 기가 막힌다는 표정을 한껏 지어 보였는데, 우리는 탄산이 막혀 있던 뚜껑을 열고 솟아오를 때처럼, 시원한 소리로 각자의 웃음을 내뱉었다.

탄산 음료는 낯선 여행지에서 우리가 항상 알고 있던 것과 다를 바 없는 그 맛이었다. 낯선 것보다 좀 더 익숙한 것이 필요할 때, 우리는 고민할 것 없이 익숙한 브랜드의 탄산 음료들을 사서 마시곤 했다. 러시아에서 마시던 탄산 음료는 좀 더 강력하고 따갑도록 청량한 맛이 났다.

본래 내가 탄산 음료를 즐겨 마시던 이유는 갈증을 해소해줄 시원하고 따가운 것을 한 가득 느끼고 싶어서였다. 그러나 어느 순간부터는 맛 때문에 찾는다기보다 이러한 특징을 가진 음료가 기분을 좀 더 개운하게 만들어줄 것 같은 믿음 때문이었다.

그야말로 '청량하다' 라는 말에 꼭 들어맞는 느낌이다. 내게 청량하다는 느낌을 주는 것들은 예를 들어, 무기력하던 날에 기분을 한껏 들뜨게 만들어주는 빠른 템포의 밝은 노래라든가, 가을보다는 봄과 여름의 좀 더 채도가 낮은 파스텔 톤의 맑은 하늘이라든가, 가을 하늘을 배경으로 쨍한 금빛을 반짝이는 은행나무라든가, 초겨울보다는 한겨울에 소복이 쌓인 눈길 위를 즈려밟는 소리라든가, 또 여느 때처럼 밝게 전화 받는 엄마의 목소리라든가, 그냥 내 이름을 불러주는 누군가의 목소리라든가, 늦은 밤 라디오에서 들려오는 디제이와 청취자가 함께 통화를 나누며 웃어젖히는 웃음소리 같은 것들이다.

바로 지금 우리가 서로를 향해 웃어젖히는 막힘없는 산뜻한 그 웃음 소리들이 내 감정과 더불어 그 열차 안의 대기를 청량하게 만들어주었다.

사랑 2

　두 번째 열차에서 내 자리는 열차의 맨 끝이었다. 이곳은 화장실을 가기 위해 드나드는 사람들로 인해 한참을 북적이기도, 연신 찬바람이 느껴지기도 하는 곳이었다. 그런 내 자리의 바로 건너편에는 가족으로 보이는 일행이 타고 있었다. 할머니, 딸, 그리고 태어난 지 얼마 안 되어 보이는, 정말 작고 조그마한 아기까지. 아기는 그 좁은 열차 안에서 몇 번을 울었다가 잠잠해졌다가 다시 웃어 보였다가 다시 한참을 또 울곤 했다. 가끔씩 똘망똘망한 파란 눈동자로 나를 쳐다봐줄 때면 그 귀여움에 한없이 푹 빠져 한참을 지켜보곤 했다.

그 가족이 지내던 자리도 내 자리와 비슷한 처지였다. 열차에 밤이 찾아오고 불빛이 소등되어도 화장실을 드나드는 사람들의 걸음은 멈추지 않았다. 가족들에겐 아기를 잠재우는 것이 무엇보다 큰 일이었다. 화장실 복도 쪽에서 새어 들어오는 미세한 빛을 가리기 위해 담요를 넓게 펼쳐서 2층 자리에서부터 커튼처럼 길게 늘어뜨렸다. 진정한 작전은 그 다음부터였다.

할머니는 그 곁에 걸터앉아 지나가는 사람이 있을 때마다 아기가 자고 있으니 문을 닫을 때 살살 닫아달라는 제스처를 취해 보였다. 입술에 검지손가락 하나를 갖다 대면 알아들을 수 있는 의미였다. 더 대단한 것은 지나다니던 수많은 사람들 중에 단 한 명도 그 부탁을 거슬려하거나 불편해하는 사람이 없었다는 점이다. 어떤 사람은 발걸음까지 살금살금 걸어 문을 조용히 닫았고, 또 어떤 사람은 깜빡하고 평소처럼 문을 닫을 뻔하다가 할머니의 제스처를 발견하고는 동작을 바꿔 문을 천천히 닫았다. 할머니의 든든한 보초 덕분인지, 아기는 열차 안에서의 밤을 무사히 보냈다. 아마 할머니는 뜬눈으로 밤을 지새웠을 것이다. 그 모습을 바로 옆에서 지켜보고 있자니 내 안에서 뭔가 따뜻한 것이 차오르는 게 느껴졌다. 내가 기억하지 못하는 그 시절의 부모님의 얼굴이 떠올랐다.

나는 어릴 적 낮과 밤이 바뀌기 다반사인 아이였다고 했다. 바닥에 눕혀놓으면 울어젖히는 나 때문에 엄마는 빨갛게 충혈된 토끼 눈으로 출근해야 했다. 울보인 나를 재우기 위해 엄마는 얼마나 많은 밤들을 지새웠을까. 그것이 엄마의 단잠과 밤을 잃게 하는 것들이었음에도 불구하고, 엄마는 망설임 없이 단잠을 포기해가며 나의 밤을 지켜주었을 것이다.

난 평소 내게 소중한 존재들이, 정말 편안하게 쉴 수 있는 밤을 보냈으면 하는 바람을 갖는다. 그것이 단잠으로 인한 것이면 좋고, 적어도 별안간 악몽에 함몰되지는 않았으면 한다. 혹여 쉽게 잠 못 드는 밤에 나를 찾아준다면, 난 기꺼이 나를 내어 그들을 지켜주고 싶다.

내가 지금은 미처 기억하지 못하는 머나먼 옛날

의 나를 지켜주었던 사람들, 내가 서투른 존재였을 때 나를 밝혀주었던 태양 같던 사람들, 우리의 머리맡엔 오래 전부터 그 거대한 빛이 있었기에 길을 잃지 않고, 헤매지 않고, 이만큼의 걸음을 내디딜 수 있었겠지.

새벽의 안녕

시계를 보니 오전 6시 12분이었다. 약 한 시간 뒤에 정차할 역에서 스비에따는 내릴 것이다. 평소 같으면 한창 잠에 빠져 있을 시간이었지만, 이곳에서 처음으로 누군가가 떠나는 것을 배웅하기 위해 평소보다 더 일찍 잠에서 깨어났다.

스비에따는 2층 침대에서 내려와 어젯밤 푹 잤냐는 인사를 하고는 펼쳐놓았던 짐들을 하나씩 챙기기 시작했다. 좁은 열차에서 짐을 챙기는 일은 그리 오랜 시간이 걸리지 않았다. 모든 준비를 끝낸 스비에따는 역에 도착하기까지 남은 시간 동안 내 자리에 같이 앉아 있었다. 나는 어젯밤부터 스비에따에게 마지막으로 챙겨줄 무언가를 고민했고, 열차에서 함께했던 트럼프 카드 한 묶음을 작은 선물로 건네야겠다고 마음먹고 있었다. 그리고 두 손을 모아 가슴에 대었다가 스비에따에게 내밀며, 선물이라는 말과 함께 카드가 담겨 있는 투명한 플라스틱 통을 내밀었다. 스비에따는 이것을 본인이 가져도 되겠냐는 표정을 지어 보였는데, 그에 대한 대답으로 난 연신 선물이라는 말만 반복할 뿐이었다.

카드를 받아든 스비에따는 다시 자신의 자리로 가 배낭을 뒤적거리더니 그 안에서 털실로 짠 덧버선을 꺼내왔다. 그리고 나에게 건네며 선물이라는 말을 했다. 덧버선은 스비에따의 할머니께서 직접 만들어주신 것이라 했다. 그런 애틋한 의미가 담긴 물건을 내가 받아도 될까 하는 맘이 들었는데, 나의 그런 표정에 스비에따 역시 선물이라는 말만 반복했다. 덧버선에는 뭉글뭉글한 보풀 같은 것들이 피어올라 있었고, 그것들이 스비에따와 할머니의 이야기를 더 떠오르게 만들었다. 덧버선을 만지작거리다, 내가 신고 있던 양말을 벗고 그것을 신어보았다. 난 손과 발이 차가운 사람이라 열차에서 신을 수면 양말까지 챙겨갔는데, 이곳에서 그보다 두둑한 덧버선을 선물받게 될 줄은 상상도 못했다. 그런 우리를 보고, 사촌 동생도 본인이 열차에서 하고 지냈던 아기자기한 분홍색 수면 안대를 스비에따에게 선물로 주었다. 남자인 본인에게 본래 어울리지 않았던 것이라는 말만 남기고.

스비에따는 우리가 건네준 선물과 메모지들을 한 군데에 모아 사진을 찍었다. 그 사이, 열차는 정차할 역에 가까워졌고, 우리도 외투를 입고 잠시 내릴 채비를 하였다.

이곳에 와서 수많은 사람들이 떠나고 이별하는 모습을 보아왔지만, 내가 직접 누군가를 배웅하기는 처음이었다. 그 며칠 새에 이렇게 아쉬운 감정으로 범벅될지 몰랐던 탓에, 열차에서 내리는 동안 아무 말도 하지 못했다. 우리에게는 이별이었지만 스비에따는 다시 가족들이 있는 집으로 가는 만남이 기다리고 있었다. 이곳에서 이별을 하면 우리 모두 각자 돌아갈 곳이 있었고 반겨줄 존재들이 있었지만, 그 순간의 아쉬움은 속수무책이었다.

스비에따는 사촌 동생과 나를 차례대로 한 번씩 안아주었다. 그러고는 내 손을 다시 한 번 꼭 잡고 만지작거렸다. 그 순간 정말 따뜻했던 것은 덧버선을 신고 있던 내 두 발이었는데, 이상하게 나의 두 눈이 더 뜨거워지는 듯했다.

스비에따는 우리를 보고 '열차 안에서 자신의 하루를 완성시켜준 사람'이라고 했다. 내 하루를 잘 살아냈나 하는 의문이 들 때마다 자책하게 되는 날들도 많았는데, 다른 사람의 하루를 완성해줬다는 그 말이 참으로 벅차게 들려왔다.

우리는 다시 각자의 일상으로 돌아갈 것이었다. 나도 이 여행을 마치고 나면, 다시 익숙한 공간에서, 익숙한 사람들과 또 보통 만치를 살아가려 안간힘을 쓸 것이다. 다만, 이곳에서는 발끝 만치의 안간힘 없이도 이렇게 멋진 존재가 될 수 있었다니, 내가 참 대단한 사람이 된 것 같은 느낌이다.

언젠가 스비에따가 준 덧버선은 헤지고 보풀들이 먼지 조각이 되어도, 이 기억 하나만은 결코 사라지지 않고 더욱 단단히 나를 지탱해줄 것 같다.

4부. 종착지

정말 내 인생은 바뀌었을까.

낯선 곳에서 발견한 진짜 내 모습

이제 정말 시베리아 횡단 열차의 마지막 종착지인 모스크바 도착을 앞두고 있었다. 열차에서 우리와 긴밀한 정을 나누었던 사람들은 이미 모두 내린 상태였다. 나도 얼마 남지 않은 도착의 순간을 기다리며 앉아 있는데, 분주히 남은 짐을 정리하던 사촌 동생이 어딘가에서 한국어가 들렸다고 했다. 그러다 가만 고개를 갸우뚱하더니, 이제 헛것이 들리는가보다며 다시 짐을 챙기는 것이었다. 무슨 일인가 싶었지만, 나 역시도 그냥 웃어넘기며 듣고 있던 노래에 마저 집중하고 있었다. 그렇게 몇 곡이 흘러갔을 무렵, 사촌 동생이 내 자리로 와 본인이 잘못 들었던 것이 아니라고 했다. 한국어를 할 줄 아는 러시아인이 있었고, 한국인 남자친구를 사귀고 있다는 것이다. 아마 사촌 동생은 처음에 그녀가 남자친구와 통화하고 있는 것을 들은 듯했다. 그 찰나를 담아내다니. 역시 나보다 수십 배를 뛰어넘는 순발력이었다.

그녀는 스타일리스트 일을 하는, 블랙 셔츠와 블랙 진에 블랙의 머리 색깔을 한 정말 멋있는 사람이었다. 열차에서 내리면 남자친구가 본인을 위해 마중 나와 있을 것이라고 했다. 마중을 해준다는 건, 엄청나게 애틋한 관계일 것이다. 그녀는 그 애틋한 사람을 만나기 위해 인사를 하고 먼저 열차 안을 빠져나갔다. 걸음도 참 멋있는 사람이었다. 본인의 연인을 만나기 위한, 일말의 망설임도 없는 발걸음이란 그런 것일까, 그것도 참 멋지다는 생각이 들었다. 그녀는 열차 밖에서 걸어가며 우리가 있는 열차의 자리를 한 번 더 쳐다보고는 미소를 지어주었다.

종착지에서 모든 사람들이 내리고, 우리는 몇 박을 동거동락하던 열차의 차장님과도 마지막 인사를 했다. 그렇게 드디어 열차에서의 모든 시간이 끝이 났다. 모스크바를 원했다기보다, 내가 원하는 여행의 종착지가 모스크바이길 바랐다. 그렇게 도착한 도시의 배경보다는, 그 배경 속에서 다시 어디론가 걸어가는 그 수많은 사람들에게 오랜 시간 눈길이 갔다.

러시아에서의 시간은 하루가 더 남아 있었지만, 열차에서의 생활은 더 이상 없다는 것이 아쉽고도 시원 섭섭했다. 낯선 여행지에서, 낯선 열차에 올라타 대부분의 시간을 몸을 비비고, 잠을 청하고, 웃고 놀며 보냈다. 그 낯선 풍경과 시간 속에 내 머릿속에 가장 많이 맴돌았던 건 이곳에 오기 전 내 모습과 내가 지내던 일상, 그렇게 나와 함께했던 사람들이었다. 이곳에서의 시간이 좋으면 좋을수록 나의 인생에서 따뜻하고 온정이 넘쳤던 그 기억들이 다시 솟구쳤으며, 지치고 겁이 날수록 안락하고 편한 보금자리와 사람들로 인해 큰 위로를 받았던 그 어느 날을 꺼내게 만들었다. 또한, 유난히 캄캄했던 열차에서의 밤은 괜히 외롭고 울적했던 나의 기억들을 다시 되돌아보게 만들기도 했다. 나의 시간들은 이렇게 하나의 큰 울타리로 모두 연결되어 있는 것만 같이 느껴졌다.

이곳은 또 다른 일상으로 출발하기 위한 새로운 시작점이 될 것이었다. 기필코 이루어내고 싶다며 다짐했던 간절한 소망들이 떠올랐다. 꼭 이루고 싶다. 그러기 위해 뭐든 해내고 싶다.

모스크바의 마지막 숙소에 도착했을 때에는, 꼭 라일락 꽃물 같은 보랏빛 일몰이 방안을 가득 채우고 있었다.

스물아홉 환절기의 끝

매일매일의 일상, 반복되는 시간들, 그러나 그 속에서도 환절기와 같은 시기가 자주 찾아온다.

환절기는 어느 날 이유 없이 아무 때나 찾아오곤 했는데, 그럴 때면 난 좀 더 방황을 했고, 새로운 무언가를 실행시키고 싶어 안달이 나곤 했다. 그동안 해왔던 것이 단숨에 소용이 없어질 것만 같은 희한한 확신이 들었으며, 다가오지 않는 미래에 대한 막연한 불안으로 두려워했다.

나에게 있어 환절기는 늘 겨울이었다. 모든 것이 꽁꽁 얼어붙어 있는 계절에 슬프고 안달 나는, 힘든 시간들이 찾아올 때면 참으로 어찌해야 할지 모르곤 했다. 수많은 생각들로 머릿속은 복잡했지만 결단을 내리고 실행시키기엔 뚫고 나아갈 자신이 없었던 것이다. 그렇게 속수무책으로 한참을 끙끙 앓다가 한 계절을 견디어내고 따스한 봄이 올 때 비로서 나의 환절기는 잠잠해졌다. 난 봄이라는 계절의 정의를 핑계 삼아 새롭게 시작하고 다시 해낼 수 있을 것만 같은 힘을 얻곤 했다. 입춘을 손꼽아 기다리며 봄에 해야 할 것들을 적어두기도 했다. 새로운 계절엔 새로운 사람들이 나를 찾아왔다. 봄에 만난 사람들은 유독 따뜻했으며 봄부터 그 해의 사계절을 알고 지냈다. 그렇게 오래 알고 오래 곁에 두고 싶은 사람들이 되었다.

　스물아홉 해의 환절기는 참으로 매서웠지만, 앞선 환절기보다 그것을 맞이하는 나의 미련했던 태도만은 좀 더 초연해져 있었다. 지나간 것에 목을 매기보다 그럴 수도, 이럴 수도 있다고 여길 수 있게 되었달까. 이런 유연하고 단순한 사고방식들이 오히려 현명하고 명백한 해답이 될 수 있다는 걸 느끼며, 어쩔 때는 더 홀가분해졌고 회복에 걸리는 시간도 점점 단축되었다.

다만, 이 초연함을 적용시키기 위해서는 항상 책임을 다하자는 것, 다른 누군가에게 피해 주지 않고 내 모든 역할을 다해야 한다는 기준이 필요했다.

환절기와도 같았던 그 겨울에, 러시아에 다녀왔다. 러시아 여행은 거창한 것은 아니었다. 시베리아 횡단 열차에서 먹고 자고 놀았던 소소함 그 자체였다. 그 평범하고도 여유롭고 진득한 시간들은 내가 감춰두려 했거나 잊고 있었던 나의 진짜 모습들을 들춰내 다시 기억하게 해주었다.

사람들에게 연연해하지 않으려고 마음을 다잡곤 하지만, 생각보다 나는 사람을 좋아한다는 것을 깨닫게 해주었다. 밀물처럼 들어오는 사람들을 굳이 밀어내지 않고, 감정을 교류하되 혼자서도 시간을 보낼 수 있는 힘을 가져야겠다고 생각했다.

그리고 해야겠다는 마음이 들 때 바로 실행시킬 수 있는 것도 필요한 용기임을 알게 되었다. 그러한 작은 용기 정도는 항상 손에 쥐고 있어야 한다. 이는 전혀 기대하지 않고 예상하지 못한 또 다른 기회를 가져다주고, 생각지 못한 감정과 놀랍고 새로운 세상을 보여줄 것이다.

여행을 마치고 난 지금, 정말 내 인생은 바뀌었을까. 이 만큼의 내 이야기를 글로 꺼내놓은 것 자체가 인생이 바뀌었다고 표현될 만큼 큰 사건이라 할 수 있다. 그렇지만 내 인생은 아직 바뀌었다고 단정 지을 수 없다. 왜냐하면 이 글을 읽고 있을 누군가가 있어, 나의 인생은 지금도, 앞으로도 수도 없이 바뀔 것이며, 세차게 뒤흔들리고 있을 것이기 때문이다.

러시아에서 만난 사람들은 나에게 겨울이란 계절에 처음으로 애착이 생기도록 만들었다. 나는 다시 치열한 일상을 살아갈 것이다. 하지만 이 겨울을 잘 견뎌낸 나를 위한 선물로 곧, 가장 강력한 봄이 도사리고 있음을 예감한다.

나의 환절기를 함께해준 사촌 동생 김운태와 함께.

책읽는고양이

약간의 거리를 둔다
소노 아야코의 에세이. 객관적 행복을 좇느라 지친 영혼을 위로하는 책으로 '나' 자신을 속박해온 통념으로부터 벗어나 나답게 사는 삶으로 터닝할 수 있도록 이끌어준다. 9900원.

타인은 나를 모른다
작가 소노 아야코가 전하는 '관계로부터 편안해지는 법'. 타인으로부터의 강요는 물론, 나의 생각을 받아들이지 못하는 상대로 인한 스트레스로부터 편안해지는 기본기를 다져준다. 9900원.

남들처럼 결혼하지 않습니다
소노 아야코의 부부 심리 에세이. 10,900원.

좋은 사람이길 포기하면 편안해지지
사람으로부터 편안해지는 법. 소노 아야코 지음. 11,800원.

알아주든 말든
오히려 실패, 단념, 잘 풀리지 않았던 관계 등등 누구나 꽁꽁 숨기고 싶어하는 경험들 속에서 인간의 본성과 언행의 본질을 끄집어냄으로써 나를 직시하게 만든다. 11,200원.

조그맣게 살 거야
외형적 단순함을 넘어 내면까지 비우는 삶을 사는 미니멀 라이프 예찬론. 진민영 지음. 11,200원.

아버지 가방에 들어가실 뻔
아버지와 함께 떠난 단 한 번의 파리 여행을 계기로, 아버지를 이해하게 되고 나아가 가족 내 상처 치유와 관계 회복은 물론, 20여 년 간 일해온 여행업에서도 다시금 맥락을 잡아가는 기적과 같은 변화를 담고 있다. 김신 지음. 13,000원.

되찾은 시간
잃어버린 시간을 찾아서 시작한 독립서점 '프루스트의서재' 는 단순한 책방이기보다 '나다운 삶' 을 실현하는 공간이자 시간이다. 박성민 지음. 13,800원.

내향인입니다

홀로 최고의 시간을 보내는 내향인 이야기. 얕게는 내향성에 대한 소개부터 깊게는 사회가 만들어놓은 많은 정형화된 '좋은 성격'에 대한 여러 가지 회의적 의문을 제기한다. 진민영 지음. 11,800원.

루캣유어셀프 __ 단편소설에서 나 다운 삶을 찾다!

얼리퍼플오키드 __ 단편으로 만나는 초기 페미니즘

원하는 삶을 지금 산다

일상이 _____

재밌게 열심히 살다보면 뭔가 본질을 발견하게 됩니다.
자신의 삶을 관통하는 한 가지를 발견하게 되죠.
그것이 공부든, 일이든, 즐거움이든, 집착이든 그것과
함께하는 삶으로 인생은 펼쳐집니다.

'원하는 삶을 지금 산다' 라는 캐치프레이즈에서 알 수 있듯,
꿈을 미루지 않는 삶, 내가 주인공이 되는 삶,
내가 추구하는 본질적인 삶을 매일매일 살아가는
이야기를 담은 에세이입니다.

일상이시리즈는 작가의 그것을 책으로 펴냅니다.

타산지석 시리즈

"여행은 보이지 않는 지도에서 시작된다."

일상이 의미 부여

1판 1쇄 인쇄 2021년 1월 14일
1판 1쇄 발행 2021년 1월 21일

지은이   황혜리
펴낸이   김현정
펴낸곳   책읽는고양이 / 도서출판리수

등록   제4-389호(2000년 1월 13일)
주소   서울시 성동구 행당로 76 110호
전화   2299-3703
팩스   2282-3152
홈페이지   www.risu.co.kr
이메일   risubook@hanmail.net